그들의 문학과 생애

한국문학평론가협회 | 한길사 공동기획

그들의 문학과 생애

백석

오양호 지음

한길사

그들의 문학과 생애

백석

지은이 · 오양호

펴낸이 · 김언호

펴낸곳 · (주)도서출판 한길사

등록 · 1976년 12월 24일 제74호

주소 · 413-756 경기도 파주시 교하읍 문발리 520-11
www.hangilsa.co.kr
E-mail: hangilsa@hangilsa.co.kr

전화 · 031-955-2000~3   팩스 · 031-955-2005

상무이사 · 박관순 | 영업이사 · 곽명호
편집 · 박희진 박계영 안민재 이경애 | 전산 · 한향림 | 저작권 · 문준심
마케팅 및 제작 · 이경호 | 관리 · 이중환 문주상 장비연 김선희

출력 · 지에스테크 | 인쇄 · 현문인쇄 | 제본 · 성문제책

제1판 제1쇄 2008년 1월 31일

값 15,000원
ISBN 978-89-356-5979-1 04810
ISBN 978-89-356-5989-0 (전14권)

• 잘못 만들어진 책은 구입하신 서점에서 바꿔드립니다.

• 이 도서의 국립중앙도서관 출판시도서목록(CIP)은
e-CIP 홈페이지(http://www.nl.go.kr/cip.php)에서 이용하실 수 있습니다.
(CIP제어번호: CIP2008000338)

높은 시름이 잇고 높은 슬픔이 잇는 혼은 복된 것이 아니겟

습니까. 시인은 슬픈 사람입니다. 세상의 온갓 슬프지 안흔

것에 슬퍼할 줄 아는 혼입니다.

.... 백석,「슬픔과 진실」

머리말

 한 얼 生 백기행(백석)은 개화기 시대, 개화의 기운이 제일 먼저 일기 시작한 평북 정주에서 태어나 일본에 유학, 서울에서 문청(文青)시절을 보내다가 태평양전쟁 발발직전 마도강으로 훌쩍 떠났다.

 마도강에서의 그의 인간적 행적은 자세히 알려진 바 없고, 그것을 추적할 자료 또한 찾을 수 없다. 그러나 그의 문학적 삶이 어떠했는지를 파악할 수 있는 소중한 자료가 수 편 숨겨진 듯 남아 있었다. 이 글은 이 새로운 자료를 가운데 두고 그의 문단생활 20여 년의 성과를 점검해보려는 의도에서 집필되었다.

 해방이 되자 한 얼 生은 마도강에서 북한의 고향 쪽으로 되돌아왔고, 거기서 다시 50여 년의 문필생활을 한 것으로 되어 있다. 그러나 필자가 대할 수 있었던 자료는 대부분이

번역물, 또는 아동문학류였다. 이것은 이 글의 전체적 흐름과 그 성격이 아주 다르다. 그것은 이 글의 중심이 된 시와 같은 장르가 아니라는 점과 북한의 제도권 문화풍토 속에서 전업작가로 수행한 업적에서 오는 이질성 때문이다. 그래서 이 부분은 훗날 더 상세한 자료를 바탕으로 별도로 점검할 것을 기약하고, 그의 전기 반생(半生)의 문학적 행적을 이렇게 고찰해본다.

많은 논자들의 질정(叱正)을 기다릴 뿐이겠지만, 필자로서는 오랫동안 미루어온 과제를 끝마쳤다는 성취감으로 가슴이 후련하다. 1960년대 초기 한국시의 한 절창인 「남신의주 유동 박시봉방」의 전반부를 한성도서주식회사판 『조선문학전집⑩』(1949)에서 읽고 그것이 시 전문(全文)인 줄 알고 떠들고 다니다가 어느 자리에서 무식이 탄로 나고, 다시 「北方에서」, 「許俊」 등을 대한 후, 이 시인은 나에게 하나의 전설이 되어왔다. 그 후 시인 한 얼 生은 '만년설 가파른 비탈의 험난한 기류 같던 젊음도 화강암 같던 고집도 지금은 하얀' 기억이 되어 있는 내 젊은 날의 초상과 함께 남아 있는 시인인 까닭이다.

그렇지만 나는 아직 이 시인을 이수형의 「행색」, 「아라사 가까운 고향」, 허준의 「잔등」 그리고 디아스포라의 또 다른 유형, 윤동주·심연수의 어떤 시혼과 함께 묶어 해방기 문단을 해석할 수 있는 착상에 이르지 못하고 있다. 안타까운 기다림이 나를 여전히 안달나게 할 것이다. 하지만 기다림은 결코 헛되지 않음을 나는 그간의 경험에서 배워 알고 있다. 이런 문인이 묶여지는 날, 나에게 한 얼 生은 또 다른 시인으로 태어날 것이다. 그때를 참고 기다리겠다. 사정이 이러하지만 나는 바로 얼마 전에 만주의 그의 행적 뒤에 한자락 그늘이 내린 흔적을 확인했다. 그래서 매우 두렵다. 이 시인에 대한 신화 같은 사랑을 반으로 줄여야 할지도 모르기 때문이다.

제4장 '보론'은 여러 연구자를 위해 조심스럽게 제기해보는 나의 한 얼 生 해석의 새로운 시각이다. 그러나 이런 비판적 시각이 광복 직전 만주에서 활동한 많은 문인들의 베일에 싸인 행적과 함께 밝혀진다면 백석에 대한 평가, 곧 나의 이런 접근을 비롯해서 이 시인을 최상의 자리에 놓는 한국시문학사의 기술은 많이 달라질 것이다. 한 얼 生 백석의 시도 이성적 영역에서 관리되는 과학적 결과를 수용해야 할 때가 되었다.

이런 점에서 한 얼 生과 다나카 후유지(田中冬二)의 대비 관계는 아주 문제적이라 하겠다.

2007년 겨울
만년필을 바꾼 두 겹의 방에서
白河

백석

머리말   7

한 얼 生의 시를 읽는 하나의 가설
―유년기의 틈새에 도사린 흰빛 ·············· 13

  소월과 한 얼 生   20

  행복고착지의 자유인들   24

  유년기의 틈새에 도사린 흰빛   35

북방파와 한 얼 生 ·············· 39

  팔려가는 여인과 박제된 민족에 대한 허무의식   49

  유랑과 방랑, 그 낭만적 기질(Bohemian temper)의 정체   68

  유적의 땅에서 만난 북방파의 종국   92

낭만적 영혼과 조국― 흰빛과 그 확장된 비유 ········ 107

  백의 민중적 민족정서와 장소애   114

  신성한 초월성, 그 흰빛의 경건과 '한 얼 生'   129

한 얼 生과 흰빛   141

흰빛과 역사적 진실   174

맺음말   195

보론: 한 얼 生과 다나카 후유지   199

고유명사와 시의 제목 문제   201

시상의 유사성 문제   202

주   211

참고문헌   217

백석 연보   225

작품목록   229

한 얼 生의 시를 읽는 하나의 가설
─유년기의 틈새에 도사린 흰빛

　문인 백기행(白夔行, 1912~95)은 필명이 백석(白石)·한 얼 生·백석(白奭)이다. 또 백기연(白基衍)이라는 이름도 있다. 다섯 개의 이름 중에 백석(白石)이라는 이름이 가장 많이 알려져 있는데, 이는 이 문인이 국내에서의 작품 활동을 전부 이 이름으로 했기 때문이다.

　한 얼 生은 마도강[1]에서 창작활동을 하던 때의 필명이다. 필자가 조사한 자료에 의하면 같은 시기 경성(京城)의 잡지·신문 등에 글을 발표할 때는 '백석'(白石)이라는 이름을 사용하였고, 마도강에서 시를 발표할 때는 '한 얼 生'이라는 필명을 썼다. 마도강 시절, 그의 유일한 평론 「슬픔과 眞實」에서는 백석(白石)이라는 이름을 썼다. 백기연(白基衍)은 이 시인이 사랑했던 연인 김자야(金子夜) 여사의 술회에서만 나타나고, 백석(白奭)이라는 이름으로 발표된 글은 아직 발견되지 않았다.

한 얼 生 백기행은 1912년 7월 1일 평안북도 정주군 갈산면 익성동(定州郡 葛山面 益城洞) 1013번지에서 수원(水原) 백씨(白氏) 17대손인 아버지 백시박(白時璞, 자〔字〕는 용삼〔龍三〕이며 후에 이름을 영옥〔榮鈺〕으로 개명)과 단양(丹陽) 이씨(李氏)인 어머니 이봉우(李鳳宇) 사이에서 3남 1녀 중 장남으로 태어났다. 세상을 떠난 해는 1995년 1월(83세)이다. 출생 때의 아버지 나이는 37세였고, 어머니는 24세였다. '스무 살 전의 자식'이라는 당시의 우리 정서로 보면 백시박에게는 아들 기행이 늦둥이인 셈이다.

한 얼 生 백기행은 다섯 번 결혼을 했다. 국내에 살 때 세 번, 마도강에서 한 번, 1945년 해방 후 북한으로 돌아가서 이윤희와 혼인한 것이 그것이다. 그러나 북한 이외에는 슬하에 자식을 둔 기록은 어디에도 나타나지 않는다.

한 얼 生 백기행이 태어난 정주(定州)는 시인 김소월이 태어난 문향이고, 도산 안창호(島山 安昌浩)와 남강 이승훈(南江 李昇薰)이 세운 오산학교(五山學校)가 있는 우리나라 신교육의 발원지이다. 아직도 갈 수 없는 땅이지만 한 얼 生이 최초로 쓴 시의 제목이기도 한 '정주'는 산수가 아름다운 곳이다. 또 이 지역은 한반도의 어느 지방보다 먼저 개화에 눈을 떠서 새로운 문명을 받아들인 여명(黎明)의 공간이기도

하다. 한 얼 生의 고향인 갈산면은 하나의 서정 시인을 배출하는 데 부족함이 없는 고장이다. 한 얼 生의 초기 시에서 자주 발견되는 민속적 모티프 그리고 다양한 인물들과 마을·나무·지명 등은 실상 그가 태어나 자라고 그가 각별히 사랑했던 그 고향 산천의 아름다움에 근거를 둔다. 한 얼 生은 고향의 자연과 사람들 속에 여전히 살아 숨 쉬는 생생한 방언을 통해서 삶의 본질적이고도 근원적인 감성을 발견할 수 있었던 것이다.

정주군민회에서 펴낸 『정주군지』에 나타나는 정주는 아래와 같이 산자수명(山紫水明)한 곳으로 묘사되어 있다.

영내는 적유산맥의 말단부가 맺어 있고, 북부에 노년기 구릉성 산지가 기복하여 차츰 남쪽으로 완경사를 이루었으나, 전역은 대체로 평탄하며, 해안에는 넓은 평야가 발달하였고 하천은 모두 남쪽으로 흐른다. 동경은 청천강구(淸川江口)에 접하고 중앙에 달천(撻川), 서부에 삼장천(三長川) 서경에 동천(東川)이 각각 평야를 관류한다. 해안은 길고, 리아스식 해안을 이루며 연안에 간석지가 많다.

정주읍의 북쪽에는 독장산(獨將山)이라는 웅대한 산이 높이 솟아 있고, 그 산의 맥이 뻗어 읍의 진산(鎭山)이 생겼으며, 거기 제일 높은 곳에 북장대(北將臺)가 있다. 이

밖에도 능한산(凌漢山), 봉명산(鳳鳴山), 사인산(舍人山), 자퇴산(慈堆山), 검산(劍山), 묘두산(描頭山), 오산(五山) 이라고도 하는 제석산(帝釋山) 등의 산세를 타고 있는 고장이 정주이다. 그래서인지 정주는 우리나라 근세사에 이름을 남긴 큰 인물들이 많다.

제석산인(帝釋山人)이라는 호를 쓴 춘원 이광수(李光洙), 시인 김소월(金素月), 소월을 길러낸 스승 김억(金憶), 소설가 금남(琴南) 이석훈(李石薰), 시인 갈잎 김도성(金燾星), 문학평론가 백철(白鐵), 소설가 곽학송(郭鶴松), 예술원 회원인 시인 홍윤숙(洪允淑) 등이 모두 이 고장에서 출생했다.

소월의 스승인 김억의 말을 빌리면 이 중에서 "춘원이 사인산의 정기를 타고났다면, 소월은 능한산의 정기를 타고났다"고 한다. 한 얼 生의 고향이자 그의 출생지인 갈산면 익성동은 정주산성의 돌담 흔적이 그대로 남아 있어서 녹음이 짙어오는 철이 되면 더욱 신비스런 곳이다. 죽음과 삶이 혼재하는 어떤 긴장감이 세상을 지배하는 듯하다는 것이다. 이런 점은 이 시인의 데뷔작, 「정주성」에 잘 나타난다.

산턱 원두막은 뷔엿나 불빛이 외롭다

헝겊 심지에 아즈까리기름이 쪼는 소리가 들리는듯하다.

잠자리 조을든 문허진 城터
반딧불이 난다 파란 魂들 갓다
어디서 말잇는 듯이 크다란 산새 한마리 어두운 골작이
로 난다.

헐리다만 성문이
하늘 빛 같이 훤하다
날이 밝으면 또 메기수염의 늙은이가 청배를 팔러올것
이다.
• 「정주성」 전문

신비스러운 성터가 이 작품의 배경이다. 한 얼 生 시의 출
발은 바로 이런 자신의 고향 평북 정주군 정주성 근처이다.
정주성의 이런 배경미는 동향 출신의 소설가 이석훈(李石
薰)의 다음과 같은 수필에서 아주 잘 나타난다.

회색(灰色)의 베일 저쪽에 정주성(定州城)의 북장대(北
將臺)를 바라본다. 올라서면 정주 고을이 발아래 깔리고,
멀리 남산 너머 아지랑이 아물거리는 저쪽에 애도일대(艾

島一帶)의 황해(黃海) 안바다가 신기루(蜃氣樓)처럼 바라다 보이는 북장대(北將臺)——그 울창한 송림(松林)만은 언제나 고향 그리울 때 가장 먼저 환상이 떠오른다.

내가 애송(愛誦)하는 시——나의 고향의 귀여운 젊은 시인 백석의 「정주성」(定州城) (……) 늦은 여름 북장대(北將帶) 일대(一帶)의 짙은 황혼시(黃昏時)를 노래한 「정주성」은 봄철이면 이렇듯 쓸쓸한 정경(情景), 울창한 송림(松林)은 더욱 푸르고 그 사이에 복숭아꽃이 만발하여 암자를 찾는 거리의 산객(山客)으로 번화해진다. 복숭아를 팔아 생계의 태반을 삼는 늙은 여승(女僧)은 자기 키보다 훨씬 길다란 지팡이를 짚고 부처님보다 몇 곱절이나 더 복숭아나무를 위하였다. 북장대의 도림(桃林)은 2천년 묵은 아름드리 노송림(老松林)과 함께, 나의 고향의 명물이었다.

복장대 꼭대기 풀섶 깊은 곳에 열혈아 홍경래의 원혼을 길이 짓밟고 서는 '장군이효원섬적지비'(將軍李孝源殲賊之碑)를 적은 석비(石碑)가 있다. 그 이끼 검은 표정은 구십춘광(九十春光)에도 음침하지만 이것을 잠시 무시하고 '반딧불이 난다. 파란혼(魂)들 같다'의 노래와 같이 그 옛날 비장한 최후를 마친 수많은 용사들의 꿈자취를 더듬으며 잔디 위에 비스듬히 누워 바라보면 봄안개 첩첩한 저쪽에 서쪽으로 멀리 능막산(凌漠山, 곽산[郭山])의 깎아 세운 듯한 기봉(奇峰), 남으로 황동(黃洞) 안바다에 조으는 듯 움직이지 않는 배돛이며, 북쪽으로 올라서면 서울 남대문 구멍이 바늘귀처럼 보인다는 독장산(獨將山)의 험준한 프로필을 한 눈에 넣을 수 있다. 이들은 손을 내밀면 잡힐 듯, 불면 응할 듯이 어린 마음에는 다정해 보이었다.

이렇게 비스듬히 누워서 바라보는 것만으로는 만족할 수 없을 듯 싶어 저—흰돛 조으는 황해 안바다의 섬들을 껑충 뛰어갔으면 하는 충동, 저—높고 아름다운 능막산의 봉우리 위에 기어오르고 싶은 간망(懇望)이 가슴 속 간지럽게 불타오르는 것이었다. 아마도 봄은 어린 마음에 마술을 걸어 안개 속에 아련한 섬에는 미지의 아름다운 세계가 있을 듯이 보이게 하고 그 높은 봉우리 위에는 진귀한 무엇이 있어서 만일 기어 올라서기만 하면 하늘의 별과 하늘의 복숭아를 딸 수 있게 하려니 하고 환상케 하는 모양이 있다.

봄의 북장대는 나의 아름다운 꿈의 구원(久遠)한 보금자리임에 틀림없다.—나는 타관(他關)에 나와 인생의 고난(苦難)한 여로(旅路)를 걸어가 언제나 그 때의 꿈을 잊지 않고 꾸고 있는 것이다.

수원 백씨들의 집성촌 갈산면 익성동 산골 마을에서 한 얼 生은 이렇게 문인 탄생을 예비하는 유년기를 보내며 시인의 일생을 지배할 원체험을 했다.

사학자 현상윤(玄相允), 언론인 방응모(方應謨), 한글학자 방종현(方鐘鉉), 참의원 의장을 역임한 백낙준(白樂濬), 인제대학 설립자 백낙환(白樂晥) 등 명사의 고향이 또한 정주이다.

이런 사람들의 행적과 함께 『정주군지』에 한 얼 生의 생애가 지금도 소상하게 소개되어 있다.

소월과 한 얼 生

한 얼 生이 문학에 뜻을 두고, 문학수업을 본격적으로 시작한 것은 오산학교에 입학하면서부터이다. 선배 김소월이 선망의 대상이 된 것이 그 계기라고 한다.

한 얼 生이 오산학교에 입학하던 1924년은 김소월이 가장 왕성한 시 창작 생활을 하던 때로 그의 문명은 전 조선문단을 휩쓸다시피 했다. 「금잔디」, 「엄마야 누나야」, 「진달래꽃」, 「산유화」와 같은 명편이 발표되다가 드디어 1920년대의 우리 시문학을 대표하는 시집 『진달래 꽃』이 간행된 게 바로 1925년이기 때문이다.

이 시기의 이런 사정을 잘 보여주는 글이 「소월과 조선생」

이다. 이 글에서 한 얼 生은 조선의 시인은 소월이고, 조선의 선생은 조만식 선생뿐인 것으로 인식한다.

　　나는 며칠전 안서(岸曙) 선생님한테로 소월(素月)이 생전 손으로 노치안턴 '노트'한 책을 빌려왔다. 장장이 소월의 시(詩)와 사람이 살고 잇서서 나는 이책을 뒤지면서 이상한 흥분을 금하지못한다. 대부분이 시(詩)요 가끔 그의 술회와 기원이 두세줄씩 산문(散文)으로 적히우고 가다가는 생각이 막혓던지 낙서가 나오고 만화가 나오고 한다. 줄과줄 글자와글자를 분간하기 어렵게 지우고 고치고 내여박고 달어부치고한 이 시(詩)들은 전부가 고향, 술, 채무(債務), 인정(人情), 가튼것을 읊조린것인데 그 가운데 이색(異色)으로「제이·엠·에쓰」라는 시(詩)가 있다.

　　평양서 나신 人格의 그 당신
　　님 제이·엠·에쓰
　　德업는 나를 미워하시고
　　才操잇는 나를 사랑하섯다
　　五山게시든 제이·엠·에쓰, 四 五年 봄만에 오늘아침
생각난다
　　近年처럼 끗업시 자고일어나며

얽은 얼골에 쟈그만키와 여윈몸맵씨는, 달은쇠가튼 타
는듯한 눈동자만이 유난히빗낫섯다

(一行略)

素朴한風采, 仁慈하신 옛날의 그모양대로

그러나, 아―술과 계집과 利慾에 헝크러저十五年에 허주
한 나를 웬일로 그 당신님,

맘속으로 차즈시노? 오늘아침,

아름답다 큰사랑은 죽는법업서 記憶되어 恒常가슴속에
숨어 잇서 밋처 거츠른 내 양심을 잠재우리 내가 괴롭은
이 세상 떠나는때까지……

(……)

• 「제이 · 엠 · 에쓰」일부

불세출의 천재 소월은 오산학교에서 4년동안 이 조선생
님의 훈도(薰陶)를 입엇는데 이 시인은 그 놉게 우럴어 존
경하든 조선생님께서 하로아침 고요히 그 마음속으로 차
저오신 때 황공(惶恐)하야 쪼그리고 안저 머리를 들지못
하고 호곡(號哭)하엿든 것이다. 소월은 이때 그 '정주곽산
배가고 차가는 곳'인 고향을 떠나 산읍(山邑) 구성 남시에
서 돈을 모흐랴고 애를 쓰든 때다. 소월이 술을 사랑하고
돈도 모흐랴고 햇스나 별로 남의입사내에올으도록 게집을

가지고 굴은일은 업다하되 그러되 이미 그 고요하고 맑어야할 마음이 밋처 거츠럿든탓에 그는 이 은사(恩師)아페 업드려 이러케 호곡하는 것이다.

소월(素月)은 오산학교때에 체조(體操) 한 과목을 내여노코는 무엇에나 우등을 하엿다. 조선생님은 이러케 재조있는 소월을 그 인자하신 우슴을 띠우고 머리를 쓰다듬어 사랑하신 모양이 눈아페 뵈이는듯한데 오산(五山)을 단겨나온 자(者) 누구에게나 그러틋이 이 천재시인(天才詩人)도 그 마음이 흐리고 어두울때 역시 얽으신 얼굴에 쟈그만 키와 여윈 몸맵씨의 조만식선생님을 차저오시엇든 것이다.

한 얼 生은, 소월을 "불세출의 천재"라고 말하면서 이런 소월이 오산학교 출신이면 모두 그러하듯이 자신의 어려운 처지를 호소하며 조선생에게 가르침을 받은 것을 부러워하고 있다. 소월의 창작노트를 읽으면서 감탄을 하고 있는 행동이 그러하다.[2]

'김소월 · 김억 · 조만식 · 한 얼 生'이라는 특출한 인물들의 영향관계, 인생여로가 함께 암시되는 글이 이「소월과 조선생」이다. 그와 함께 우리는 이 글에서 한 얼 生의 운명을 발견한다. 그것은 김소월과 같은 시인이 되어야 할 운명이고, 또 하나는 조만식과 같은 민족주의자의 탄생을 예보하는 운명이다. 이 운명이 '조선의 시인' 한 얼 生을 만들었고, 흰 빛의 시인, '한국의 얼, 한국의 정신'을 심고, 노래하는 마도 강 지역 최후의 조선시인 백기행을 탄생케 했다.

한 얼 生의 대표연구자 송준(宋俊)이 이 시인을 두고 '우리민족이 낳은 가장 위대한 시인'이라고 거침없이 말할 수 있게 한 인생지배의 계기가 바로 이 오산학교의 입학이었던 것이다. 한 얼 生과 소월은 같은 정주 태생이라는 지연과, 같은 학교의 선후배라는 학연 속에 문학적 인생이 출발되었기 때문이다.

행복고착지의 자유인들

사람들에게 있어 유년기의 추억이 아름다울 수 있는 것은 태고의 과거처럼 움직임이 없고, 변함없는 어린 시절의 왕국으로 되돌아갈 수 있기 때문이다. 이것을 가스통 바슐라르는 행복고착의 체험이라 했다.[3]

한 얼 生의 시중에는 서정적 자아가 유년의 눈을 취하고 있는 작품이 상당히 많다. 「가즈랑집」, 「여우난곬족(族)」, 「古夜」, 「고방」, 「오리 망아지 토끼」, 「외가집」, 「마을은 맨천 구신이 돼서」, 「넘언집 범 같은 노큰마니」, 「나와 지렝이」, 「주막」, 「개」, 「모닥불」, 「오리」, 「선우사」(膳友辭) 등이 모두 그러하다.

이런 시의 서정적 자아는 명절을 쇠는 일가친척들의 생활, 이웃에 살던 할머니에 대한 추억, 귀신이야기, 같은 또래와 놀던 놀이 등을 통해 형상화된다.

　서정적 자아란 외부의 자극을 받아들이는 수동적 기록자인 동시에 받아들인 것을 해석하고 조직하며 통합하는 능동적 관여자이다. 그래서 시에서 서정적 자아가 어떤 눈을 가지고 외부의 대상을 수용하고 표현하는가는 시인 자신의 의도와 상상력에 따라 여러 가지로 나타날 수 있다. 이래서 시라는 것은 서정적 자아가 무엇을 어떻게 인식하며 해석하는가의 문제이면서 체험이 바탕이 된 상상력이 중심이 된다.

　이런 점에서 한 얼 生의 시는 객지를 떠돌며 힘든 현실과 마주칠 때마다 행복했던 유년기의 세계로 되돌아간 자기위안적인 글쓰기였다고 할 수 있다. 그러면서 그는 일제 강점기라는 엄혹한 현실에 대해 그만의 방법으로 매우 독특한 글쓰기의 형식을 형성했다. 그 독특함 가운데 하나가 바로 이 '유년의 눈'에 의한 방언의 활용이다. 따라서 한 얼 生의 서정적 자아가 어떤 대상을 선택했으며, 어떻게 표현했는가를 고찰해보는 것은 그의 문학을 올바르게 이해하는 데 매우 중요하다.

　우선 「외가집」이라는 시를 한 번 보자.

내가 언제가 무서운 외가집은

초저녁이면 안팎 마당이 그득하니 하이얀 나븨수염을 물에 보드지근한 북쪽 제비들이 씨굴씨굴 모여서는 짱짱 짱짱 쉿스럽게

밤이면 무엇이 기와골에 무리돌을 던지고 뒤울안 배낡에 쩨듯하니 줄등을 헤여달고 부뚜막의 큰솥 적은 솥을 모주리 뽑아놓고 재통에 간 사람의 목덜미를 그냥 그냥 나려눌러선 잿다리 아래로 처박고

그리고 새벽녘이면 고방시렁에 채국채국 얹어둔 모랭이 목판 시루며 함지가 땅바닥에 넙너른히 널리는 집이다.

• 「외가집」 전문

이 시의 서정적 자아는 집 안팎이 모두 귀신들로 가득 차 있는 외가집을 무서워한다. 밤이면 기와골에 돌을 던지고, 사람의 목덜미를 그냥 내려 눌러 처박고, 새벽녘이면 시렁의 함지를 땅바닥에 내던지는 귀신이 사는 집이 외가이다. 누구나 어린 시절에는 겁이 많다. 겁의 대상은 대개 귀신이다. 한 세대 전이긴 하지만 우리는 달걀귀신 · 몽당 빗자루귀신 · 처녀귀신 · 몽달귀신 · 허깨비 · 도깨비 등 이런 귀신 이야기를 많이 들으며 자랐다. 한 얼 生의 시는 이런 무속세계에 대한 기억이 정신적인 풍요로움으로 형상화된다. 빼앗긴 현실, 고

향에 대한 위안의 방도 또는 강점된 현재를 행복고착지대의 기억으로 대치하려는 시의식 때문이다. 그래서인지 이 문제는 현실이 더욱 엄혹해질수록 확대되고 심화된다. 그리고 그것은 정주방언에 의한 정주식 표현으로 나타난다.

  나는 이 마을에 태어나기가 잘못이다
  마을은 맨천 구신이 돼서
  나는 무서워 오력을 펼 수 없다
  자 방안에는 성주님
  나는 성주님이 무서워 토방으로 나오면 토방에는 디운
구신
  나는 무서워 부엌으로 들어가면 부엌에는 부뜨막에 조
앙님

  나는 뛰쳐나와 얼른 고방으로 숨어 버리면 고방에는 또
시렁에 데석님
  나는 이번에는 굴통 모퉁이로 달아가는데 굴통에는 굴
대장군

  얼혼이 나서 뒤울안으로 가면 뒤울안에는 곱새녕 아래
털능구신

나는 이제는 할수 없이 대문을 열고 나가려는데
　　대문간에는 근력 세인 수문장

　　나는 겨우 대문을 삐쳐나 밖앝으로 나와서
　　밭 마당귀 연자간 앞을 지나가는데 연자간에는 또 연자
망구신
　　나는 고만 디겁을 하여 큰 행길로 나서서
　　마음 놓고 화리서리 걸어가다 보니
　　아아 말 마라 내 발뒤축에는 오나가나 묻어 다니는 달걀
구신
　　마을은 온데간데 구신이 돼서 나는 아무데도 갈 수 없다.
　　• 「마을은 맨천 구신이 돼서」 전문

　이 시의 서정적 자아는 "맨천 구신, 사방천지 귀신"에 싸
여 있다. "방안의 성주님", "토방의 디운 구신", "부뜨막의
조앙님", "고방의 데석님", "굴통의 굴대장군", "뒤울안의
털능귀신", "대문간의 수문장", "연자간의 연자망 구신",
"발 뒤축에 묻어 다니는 달걀구신" 등 온통 귀신으로 둘러싸
여 있는 샤머니즘의 세계가 시적 현실이다. 샤머니즘이란 인
간이 실제의 세계보다 정령(精靈)이나 영혼, 천체 또는 자연
의 힘을 인정하고 이것을 숭배하고 금기하는 세계이다. 이

세계의 사유는 신·마력·영혼을 인정하고 이것과 인간과의 관계 속에 인간의 삶을 해석하고 설명한다. 곧 애니미즘 (animism), 주술(magic), 금기(taboo), 토테미즘 (totemism)이 이 정신세계를 지배한다.

우리민족의 경우 국조신화(國祖神話)인 단군신화에서부터 삼국시대의 제천의식 등이 이런 샤먼의 세계였고, 조선조에 와서도 이런 사정은 크게 달라지지 않아 정부기관에 무청(巫廳)을 두고 국가나 민심의 한 부분을 관리했다. 성숙청(星宿廳), 동서활인원(東西活人院), 활인서(活人署)가 이런 관청이다.[4]

한 얼 生의 고향은 평안북도, 특히 정주는 이런 원시신앙이 깊은 곳이다. 앞에서 소개한 바 있는 정주를 둘러싼 여러 영산(靈山)들, 그리고 그런 산의 정기를 타고났다는 능한산의 김소월, 제석산·사인산의 이광수, 또 이런 문인 탄생과 무속세계를 관련시킨 김억의 발언[5] 등이 모두 무속적 발상이다.

정주 출신에는 개신교 출신의 유명 인사가 많고, 오산학교도 개신교계 학교로 출발하였다. 이것은 이곳이 무속적인 분위기가 강한 고장이라는 사실과 무관하지 않다. 다시 말해 무속적인 분위기가 개화를 방해하고, 사람들을 여전히 야만의 상태에 묶어두기 때문에 조선의 기독교 선교사업이 이곳으로부터 시작되었고, 현대교육 역시 이곳에서부터 시작된 것이다.

한 얼 生 시의 이런 무속 모티프의 시적 실현은 이야기시의 형식에서 더욱 구체적으로 나타난다. 이야기시(narrative poem)란 서사성(敍事, Epic)이 두드러지게 발현되는 시를 말하고, 서사란 시적화자(poetic speaker)가 시전개의 중심점에 위치해 있으면서 담화를 이끌어가는 양식이다. 이야기시의 이런 특성은 이 시인의 유년체험과 고향에의 친연성(親緣性)을 형상화하기에 아주 잘 들어맞는다.

정주방언의 표현이 돋보이는「가즈랑 집」에서 우리는 이런 점을 쉽게 발견할 수 있다.

승냥이가새끼를치는 전에는쇠메든 도덕이났다는 가즈랑고개

가즈랑집은 고개밑의
山넘어마을서 도야지를 잃는밤 즘생을쫓는 깽제미소리가 무서웁게 들려오는집
닭개즘생을 못놓는
멧도야지와 이웃사춘을지나는집

예순이넘은 아들없는가즈랑집할머니는 중같이 정해서
할머니가 마을을 가면 긴담배대에 독하다는막써레기를 멫
대라도 붗이라고하며

간밤엔 섬돌아레 승냥이가왔었다는이야기
어느메山곬에선간 곰이 아이를본다는이야기

나는 돌나물김치에 백설기를먹으며
녯말의구신집에있는듯이
가즈랑집할머니
내가날때 죽은누이도날때
무명필에 이름을써서 백지달어서 구신간시렁이 당즈깨
에넣어 대감님께 수영을 들였다는 가즈랑집할머니
언제가 병을앓을때면
신장님달련이라고하는 가즈랑집할머니
구신의딸이라고생각하면 슳버졌다—

토끼도살이올은다는때 아르대즘퍼리에서 제비꼬리 마
타리 쇠조지 가지취 고비 고사리 두릅순 회순 山나물 을하
는 가즈랑집할머니를딸으며
나는벌서 달디단물구지우림 동굴네우림을 생각하고

아직멀은 도토리묵 도토리범벅까지도 그리워한다

뒤우란 살구나무아레서 광살구를찾다가
살구벼락을맞고 울다가웃는나를보고
미꾸멍에 털이멫자났나보자고한 것은 가즈랑집할머
니다

찰복숭아를먹다가 씨를삼키고는 죽는것만같어 하로종
일 놀지도 못하고 밥도안먹은것도
가즈랑집에 마을을가서
당세먹은강아지같이 좋아라고집오래를 설레다가였다
　• 「가즈랑 집」 전문

　행복고착지의 자유인으로 살았던 유년기가 정주방언에 의
해 생생하게 드러난다. 시적 화자가 이야기시의 형식을 빌려
옴으로써 민속적 모티프와 방언의 현실적 특성이 호응을 이
루고 있기 때문이다. 제비꼬리 · 마타리 · 쇠조지 · 가지취 ·
고비 · 고사리 · 두릅순 · 회순과 같은 다양한 산나물 이름 하
나로도 이 시가 얼마나 지방(지역)적 특징을 충실하게 재생
시키고 있는가를 알 수 있다. 또 이런 어휘들에 의해 벌써 잊
혀가기 시작하는 조선의 풍경이 고착된다. 조선조 풍의 행복

한 정취를 느낀다. 이유가 무엇일까. 첫째, 우리는 이런 어휘에서 당시 조선의 공용어가 가지고 있던 균질성과 전혀 다른 민속적 체취를 발견하기 때문이다. '가즈랑집'은 평안북도 정주군 가즈랑고개 근처, 백천(白川) 조씨가 집성촌을 이루고 있는 마을 이름이다. 납청정 가는 길목에 사는 예순이 넘은 이 할머니, 아들도 없이 혼자 귀신 딸처럼 사는 산골 노인을 시의 퍼소나(persona)로 등장시키는 것은 자기 성찰의 시적 발상에 다름 아니다. 유년 시절을 무속 모티프를 통한 방언으로 회상하려 함은, 표준어를 의사소통의 지표로 삼는 것을 거부한다는 뜻이다. 한국에서 표준어의 개념이 등장하고 그 필요성에 공감하게 된 것은 1930년대 이후의 일이다. 그리고 일본의 한국 강점이 최고조에 달했던 1940년대의 표준어는 곧 일본어를 의미할 만큼 변질되었다. 이런 점에서 백석이 평안도 사람만 알 수 있는 고유명사로 시 제목을 붙이고, 방언으로 의사소통을 꾀한 것은 이런 공용어의 균질성에 저항하면서 자기 것을 찾아나서는 문학 행위가 된다.

둘째, 표준어는 랑그(langue)의 차원으로, 어휘가 유한하다. 따라서 문자 행위의 경제성이나 소통가능성을 극대화시킬 수는 있지만, 세계에 대해 지각한 것을 다 표현하지는 못한다. 그러나 파롤(parole)의 차원인 방언은 어휘가 무한하여 시적 표현의 제약을 벗어날 수 있다. 이런 점은 위의 「가즈랑집」외 다른 작품에서도 얼마든지 발견할 수 있다. 예를 들면「여우난곬族」의 "바리께 돌림하고 호박떼기하고 제비손이 구손이하고"에서 '바리께 돌림', '호박떼기', '제비손이 구손이', 또「오리 망아지 토끼」에서 "오리치를 놓으려 아배는 논으로 날여간지 오래다"라는 구절의 '오리치',「고야」(古夜)의 "엄매와 나는 앙궁 위에 떡돌 위에 곱새담 위에 함지에 버치며"의 '위에' 등이 모두 그러하다. 이 유형의 어휘는 기표뿐만 아니라 기의 또한 표준어에는 없는 정주 지방 고유의 언어다. 곧 이것은 특정한 지방의 문화에는 있고 가상의 표준문화에는 없는 사상(事象)이나 관념을 지시하는 기호들이다. '호박떼기'라는 기호·어휘는 '세 명씩 편을 갈라, 서로 끌어안고 있는 한 편을 한 명씩 떼어놓는 놀이'라는 간결한 진술로는 설명이 부족하다. 표준어가 설정하는 가상의 균질 공간 속에서 사실상 아무것도 지시하지 않는 것이 되는 까닭이다. 어린아이들이 다리를 끼고 노는 놀이라는 '제비손이 구손이' 역시 그 풍속 자체가 존재하지 않는 표준어의 가상공산에서는 이해될 수 없다. 따라서 이런 점 역시 조선의 풍경을 고착시키는 정서를 수행한다.

셋째, 이러한 언어 감각은 방언을 통해 토속적 세계를 재현함으로써 민족 단위보다 한 차원 큰 단위에서의 균질성 확보가 가능하다는 것으로 확대·심화된다. 이 문제는「슬픔과 진실」,「조선인의 요설」이라는 비평적 에세이에서 발견할 수 있다. 이런 점은 정말 미당(未堂)이 술회한 바 있는[6] 한 얼 生이 일본유학 시절 즐겨 읽었다는 다나카 후유지(田中冬二) 의 시풍을 연상시킨다. 다나카 후유지와의 영향 관계는 보론 에서 집중적으로 다룰 것이다.

유년기의 틈새에 도사린 흰빛

　　넷 城의 돌담에 올랐다
　　묵은 초가집웅에 박이
　　또하나 달같이 하이얗게 빛난다
　　언젠가 가을에서 수절과부하나가 목을 매여죽은
　　밤도 이러한 밤이었다.
　　•「흰밤」 전문

「정주성」의 성, '수절과부가 목을 매는' 그래서 또 귀신이 생길 동네 분위기, "묵은 초가집웅" 등이 앞에서 살펴본 시 들과 톤이 상응된다.

　그러나 이런 시적 톤에 또 하나의 심상찮은 모티프가 나타 나고 있는 것이 이「흰밤」이다. 바로 '흰'빛이다. 흰달과 흰 (힌)박이 이 시의 서정적 자아를 내리누르고 있다. 어디서

흰 옷 입은 귀신이 금방이라도 나타날 듯 적막하다. 「외가
집」, 「마을은 맨천 구신이 돼서」나 「가즈랑 집」을 지배하는
무속적 세계와 다르지 않다. 하지만 이 시에 나타나는 '흰
빛'은 그 톤이 더 강하다. 앞에서 읽은 「여우난곬족」의 그 과
부 홍여(洪女)가 늘상 입는 '흰옷'의 흰빛 이미지와 오버랩
된다. 그래서인지 섬뜩한 시적 톤을 형성한다. 다른 작품을
하나 더 읽어보자.

당콩밥에 가지 냉국의 저녁을 먹고나서
바가지꽃 하이얀 지붕에 박각시 주락시 붕붕 날아오면
집은 안팎 문을 휑하니 열어젖기고
인간들은 모두 뒷등성으로 올라 멍석자리를 하고 바람
을 쐬이는데
풀밭에는 어느새 하이얀 대림질감들이 한 불 널리고
돌우래며 팻중이 산 옆이 들썩하니 울어댄다.
이리하여 한울에 별이 잔콩 마당 같고
강낭밭에 이슬이 비오듯 하는 밤이 된다.
• 「박각시 오는 저녁」 전문

'박각시, 바가지 꽃, 하이얀 지붕, 하이얀 대림질감' 모두
흰빛이다. 이 흰빛이 "한울에 별이 잔콩 마당 같고/강낭밭에

이슬이 비오듯하는 밤"과 긴장관계를 형성하고 있다. 그 결과 시의 분위기가 마치 흰 무늬가 모자이크처럼 박힌 비단폭 같이 되었다. 밤의 검은빛과 흰빛이 뒤섞여 조화를 이룬 밤하늘의 별도 흰빛이다. 어두운 밤의 하얀 대림질감, 이런 이미저리(imagery)로 하여 시 전체가 더욱 신성한 감을 풍긴다. 또한 콩밥 · 냉국 · 주락시 · 멍석자리 · 돌우래 · 팟중이 같은 고유한 한국어가 이런 흰빛 이미지와 결합됨으로써 시의식은 경건하고 신성한 초월적 정신세계로 고양된다.

우리는 여기서 한 얼 生의 문학이 뿌리내린 어떤 다른 땅을 감지한다. 그것은 '흰빛'인데 이 이미지 역시 민족의 정서와 맞닿은 정신세계의 다른 내포(connotation)이며, 그런 시의 화자 역시「외가집」,「가즈랑 집」,「마을은 맨천 구신이 돼서」의 그들과 다름없는 행복고착지의 자유인들임을 발견할 수 있기 때문이다.

우리에게 있어서 흰빛은 일반적으로 신산고초의 삶을 살아온 백의민족(白衣民族)을 상징한다.「박각시 오는 저녁」의 밤은 경건하되 그 경건은 소멸로 통하고, 밤의 어두움 · 검은빛은 신산고초와 고통으로 이해된다. 이렇게 상호 모순되는 흰빛과 검은빛이 호응관계를 이루고 있다. 그런데 이 두 빛은 똑같이 무색의 빛이다. 하지만 흰빛의 테마가 이 둘을 관통하며 시의 전 심상을 지배한다. 흰빛이 심상치 않다는 말은 이런 내포(內包) 때문이다.

　이런 작품군의 가운데 자리에 놓인 아주 짧은 2행시가 이런 점에서 우리의 주목을 끈다.

　아카시아들이 언제 힌두레방석을 깔었나
　어디로부터 물쿤 개비린내가 온다.
　• 「비」 전문

『조광』 1권 1호(1935. 11)에 실린 작품이다. 처녀작 「정주성」이 발표된 것이 1935년 8월이니 「비」 역시 처녀작이나 다름없다. 그런데 이 아카시아 흰빛은 이 시인의 해방 이전의 최후 작품 「아짜시야」에 동일한 심상으로 형상화된다. 「비」가 발표된 5년 후 같은 달 11월의 마도강에서, 『만선일보』에 발표되었다. 시를 쓰기 시작하면서 나타난 '11월의 아카시아 흰빛'이 시를 마감한 '북만의 11월 아카시아 흰빛'까지 뻗쳐 있는 것이다. 이 두 작품 사이에 수없이 많은 흰빛의 이미지가 이 시인의 시 세계에서 말 무늬를 이룬다. 한 얼 生 시의 정체가 바로 여기에 있을 듯하다. 이 글은 이 흰빛의 가설이 해명되는 데서 끝날 것이다.

북방파와 한 얼 生

한 얼 生의 생애에서 가장 풀 수 없는 수수께끼는 28세의 나이에 직장을 버리고, 가족을 버리고, 문우들을 버리고, 사랑하는 사람을 버리고 만주국으로 거처를 옮긴 사건이다.

1939년말 『여성』지의 편집일을 하던 한 얼 生은 당시 만주국의 수도였던 신징(新京)으로 소리 소문 없이 훌쩍 떠나 버렸다. 이 사건을 두고 한 얼 生의 연인 김자야는 이렇게 말한다.

당신이 만주로 혼자 떠나시려는 결심을 굳히게 된 것은 순전히 뛰어넘을 수 없는 복잡한 가정사와 봉건적인 관습 때문이었다. 당신은 그것들로부터 아주 떠나고 싶었던 것이다. 당신은 부모님의 강권으로 억지 장가를 몇 번씩이나 들고, 또 그 때문에 집을 뛰쳐나와서 정신적 번민도 무수히 겪었다. 게다가 그동안 당신이 그토록 사랑하던 자야마 저 한 달 동안이나 온다간다는 말이 없이 어디론가 감쪽같 이 종적을 감추어버린 것에 당신은 몹시 큰 충격을 받았던 듯했다.[7)]

자야의 술회로는 복잡한 가정사, 봉건적 관습으로부터의 도피, 애인인 자신의 상하이(上海)로의 출분(出奔)이 마도 강, 북만행(北滿行)의 원인이었다는 것이다.

사실 이 시인의 사생활은 이미 오래전부터 봉건적 관습에 옥죄어온 상태였다. 무려 세 번의 결혼이 그것이다. 거기다 가 자야와의 내연관계, 망측한 표현을 빌리면 '첩살림'까지 차린 한량(閑良)이었다. 그러니까 한 얼 生은 벌써 20대에 네 명의 여자를 거느린 남자가 되었다.

한 얼 生의 북만행은 이런 복잡한 사생활 끝에 온 선택이 아닐까. 그러나 이런 행동을 자야는 못 이룬 자기와의 사랑 으로 인한 번민, 효심이 강한 이 시인이 부모의 명을 어길 수 도 없고, 그렇다고 사랑하는 여자와 헤어질 수도 없는 상황 에서 택한 고통스런 선택으로 해석한다. 그래서 그녀는 상하 이로 가는 뱃길에서 극작가 김우진과의 사랑을 완성시키려 했던 윤심덕(尹心悳)을 생각하며 그녀처럼 바다에 뛰어들어 죽어버리려는 생각까지 했다. 사랑의 번민, 이 세상에서 못

이룰 사랑을 죽음으로써만 그와 자신을 자유롭게 할 수 있다고 생각했기 때문이란다.

사랑에 빠진 여인들의 전형적인 자폐적 감정이다. 동서고금의 애정담 속에는 이렇게 사랑에 순사하는 여인들이 즐비하다. 그러나 가엾게도 이런 연애담은 그 상당한 부분이 삶의 본질과 거리가 있다. 일종의 감정과잉 상태의 비이성적 언동이기 때문이다. 감성이 이성을 지배하는 상태가 연애이고, 그 최고의 순간이 사랑의 교합인데 그 열락의 순간 모든 것이 그 감정의 열기로 녹아버린다. 그러나 그런 열락에 파탄이 오면 애정의 감정은 전혀 엉뚱하게 삶을 지배하는 수가 생긴다. 지금은 누구도 윤심덕과 김우진이 사랑을 위해 버린 목숨을 찬미하지 않는다. 유행가 가사 같은 감정과잉적 행위이기 때문이다. 군이 인간의 실존문제를 끌어오지 않더라도 자살이 긍정되는 논리는 이 세상 어디에도 없고, 우리의 경우 정식 혼인이 아닌 혼외정사는 여전히 가문에 먹칠을 한 행위로 타매의 대상이 되고 있다. 따라서 김자야의 이런 진술은 사랑의 감정일 뿐이지, 한국인의 보편적 정서와는 거리가 멀다.

그렇다면 실상은 어떤 것일까. 김자야까지도 청산해야 할 대상이라는 생각이 아니었을까. 도쿄유학을 한 엘리트 청년이 가문의 기대를 버리고 기생 신분의 연인과 계속 내연관계를 유지하기에는 당시의 풍속이 그를 가만두지 않았을 것이다. 그렇지 않다면 왜 한 얼 生이 짧은 기간에 그렇게 자주 혼인을 했을까.

한 얼 生과 자야가 영원한 삶의 동반자로 서로 사랑했다면 북만행이야말로 가장 적합한 사랑의 도피수단이 될 수 있었을 것이다. 한 얼 生이 자야에게 함께 만주로 가자고 했지만, 그녀는 이번만은 제발 혼자 가달라 애원했다는 것이다. 우리는 평생을 이 시인만 생각하며 살아왔다는 여인의 이런 말에 얼굴을 돌릴 수 없다. 그러나 이 여인의 말이 앞에서 말했듯이 북만행 결행의 원인은 아닌 듯하다. 그 사연은 오직 당사자들의 심리 깊은 곳에 숨어 있을 텐데 그들도 가고 없으니 이 일을 어찌하겠는가. 설사 그들이 살아 있다 해도 어찌 진실을 말하겠는가. 결국 정황으로 추단을 내릴 수밖에 없다. 그래서 한 얼 生의 북만행의 원인은 오히려 자야의 해석과는 반대편에서 도출될 듯하다.

여기서 이 사나이, 백기행이 살아온 행적을 잠깐 요약해볼 필요가 있다.

정주 오산학교 입학(1924)→도쿄, 아오야마학원(靑山學院) 유학→경성(京城)→함흥→경성(京城)→북만행(1939)

15년 사이에 거처를 다섯 번이나 옮겼다. 오산학교 입학이 1924년이고, 북만행은 1939년이다. 이 사이 백기행은 세 번의 혼례를 치렀고, 애인 자야와 동거를 했다. 그가 산 그 시대는 우리가 익히 알듯이 어두웠고, 그의 사생활 역시 복잡하고 어둡다. 그의 북만행은 이런 생활을 쫙 가르며 놓여 있다.

당시의 마도강은 '신천지', '신개지'의 대명사였다. "간도는 전부가 쌀밭이다. 간도는 전부가 기름진 땅이다. 그 넓고 기름진 땅에는 마음대로 농사를 지을 수가 있다. 한 해 농사를 지으면 삼 년은 가만히 앉아서 먹을 수가 있다"라고 생각된 것이 당시의 마도강이다. 그래서 많은 사람들이 남부여대하고 반도의 북쪽, 마도강을 찾아 떠났다. 이런 사람들 중에는 시인들도 많았다. 필자는 이 일단의 시인들을 북방파(北方派)로 부른다.[8] 이 용어는 한 얼 生이 자신의 초상화를 그려준 '정현웅(鄭玄雄)에게'라는 부제가 달린 마도강 체험시의 명편 「북방에서」, 오장환의 「북방의 길」, 이용악의 「북쪽」, 이설주(李雪舟)의 많은 작품을 근거로 한다.

오장환·유치환·이용악·이찬·박팔양·이설주·이서해·한 얼 生 등이 그 대표적 시인이다.

오장환과 이용악의 경우는 고향에서 쫓겨가는 사람들의 이별담을 서사화했다. 「북방의 길」, 「전라도 가시내」, 「낡은 집」 등에서 이런 성향을 쉽게 발견할 수 있다.

오장환의「북방의 길」이 파탄상태에 빠진 농민(시적 화자)
이 삶의 터전으로부터 가련하게 내몰리는 상황이라면,「전라
도 가시내」는 이미 삭막한 대지로 쫓겨온 여인의 슬픈 초상
이다. 오장환의「북방의 길」에서 옷에 송아지 냄새가 나는
농부는 먹고살 길을 찾아 가족을 거느리고 북행길에 올랐지
만, 어린 자식은 소꿉친구와 헤어지는 것이 싫어 차창을 쥐
어뜯는다. 이럴 때 이용악은 마도강 주막에서 술을 파는 소
녀는 "홍작촌이 모낸 어린 희생자"라며「전라도 가시내」에
서 슬퍼했다. 그러면서 호인(胡人)의 말몰이 고함과 채찍에
고통받는 소녀가 왜 마도강까지 흘러올 수밖에 없었던가를
서사화했다. 고향은 탁류에 휩쓸리는 강가처럼 파탄의 상태
에 이른 공간이고, 그곳에서의 삶은 비 새는 토막에 누더기
를 쓰고 쭈그리고 앉은 궁핍의 땅이 되었기에 전라도 가시내
는 마도강까지 굴러와 작부가 되었다는 것이다. 함경도에서
흘러온 사내가 들려주는 이 서사는 황폐했던 시대 우리 민족
이 살아온 한 단면을 그림처럼 생생히 묘사한다.

　　한편 청마 유치환은 이런 시대를 "허무의식에 사로잡혀 이
러지도 저러지도 못하고 비틀거리기만 하였던 때"라고 술회
한 바 있는데 그 성격은 앞의 두 시인과는 반응이 좀 다르다.
그러나 시의식의 본질이 엄혹하고 급박한 현실문제라는 점
에서는 동일하다.

거듭 말하거니와 그 암담하고 핍박한 절망의 시기에 있어서 어찌해서 내가 뒷골목의 한갓 파락호로서 꾸겨져 떨어지기를 모면하고 오늘도록 이러한 행색으로나마 부지할 수 있었는지 진정 요행하다 않을 수 없습니다. 물론 무수한 우리의 젊은이들이 그 시절 다 같은 절망 속에서 올올히 뒤치락거리고 제 목숨을 주체 못하는 채 살아갔음에 틀림없을 것입니다마는 아무리 같은 상황에 놓였더라도 그것을 느끼는 感度에 따라 그 상황에는 얼마라도 많은 深淺이 있을 것은 정한 이치입니다. 그러나 내가 끝까지 악에도 선에도 굳세지 못하고 만 것은 앞에서 말한 나의 천성의 나약함과 함께 어떤 행위에 있어서도 얼마를 못가서 곧 발꿈치를 돌려 되돌아 오기 마련인 어쩔 수 없는 自意識의 소치인 덕분(?)엔 틀림 없습니다.

滿洲! 만주는 이미 우리의 먼 先代에서부터 광막한 그 벌판 어디메에 모진 뼈를 묻지 않은 곳이 없으련만 나는 나대로 내게 따른 가권을 거느리고 건너 갈 때는 속으로 슬픈 결의를 가졌던 것입니다. 그것은 무슨 다른 부풀은 희망에서가 아니라, 오직 나의 인생을 한번 다시 재건하여 보자는 데 있었던 것입니다. 사실 나는 식민지 백성으로 모가지에 멍에가 걸려져 있기도 하였거니와 그 보다도 조국의 푸른 하늘 아래에서 너무나 자신에 대한 준렬을 잃고

게을하게 서성거리고만 살아 왔던 것입니다.[9)]

그러니까 유치환의 북방시의 한 정점 「광야에 와서」와 같은 시는 시인의 이런 체험과 맞물린 한 시대의 정신인 셈이다. 청마 시의 치열한 시정신이 터를 잡은 곳이 바로 이런 데다.

> 내 열 번 패망의 인생을 버려도 좋으련만
> 아아 이 悔悟의 앓임은 어디메 號泣할 곳 없어
> 말 없이 자리를 일어 나와 문을 열고 서면
> 나의 탈주할 사념의 하늘도 보이지 않고
> 정거장도 二百里 밖
> 암담한 진창에 가친 鐵壁 같은 절망의 광야!
> • 유치환, 「광야에 와서」 일부

한 얼 生과 비슷한 시기(1940년 봄)에 북만으로 갈 수밖에 없었던 청마의 심리, 지식인의 절박한 고뇌와 굳어버린 시대 상황이 압축된 작품이다. 그러기에 당시의 한반도 사정을 논의할 때 흔히 인용되는 작품이다. 하는 일 없이 서성거리며 보내야 하는 나날, 그래서 준열하지 못한 일상사로부터 탈출하고, 또 뒷골목의 파락호로 떨어지지 않기 위한 자기관리 때문에 북만으로 갔다는 것이다. 이런 진술은 비단 청마만의 고백으로만 들리지 않는다.

미당 서정주가 텅 빈 공간, 너무 많은 하늘, 아무것도 없다고 한 땅, '북방'도 이런 공간이다.

참 이것은 너무 많은 하눌입니다. 내가 달린들 어데를 가겠습니까. 紅布와 같이 미치기는 쉽습니다. 몇千年을, 오 — 몇千年을 혼자서 놀고 온 사람들이겠습니까.

鍾보단은 차라리 복이있습니다. 이는 멀리도 안들리는 어쩔수도없는 奢侈입니까. 마지막 불을 이름이 사실은 없었습니다. 어찌하야 자네는 나보고, 나는 자네보고 웃어야 하는 것입니까.

바로 말하면 하르삔市와 같은 것은 없었습니다. 자네도 나도 그런 것은 없었습니다. 무슨 처음의 복숭아꽃 내음새도 말소리도 病도, 아무껏도 없었습니다.

• 서정주, 「만주(滿洲)에서」[10] 전문

두 번째의 성향은 시사에 그 이름이 별로 알려지지도 않았고, 문학사적 평가도 받지 못하는 세 시인 이서해(李瑞海)와 김려수(金麗水, 본명 박팔양[朴八陽]), 이설주(李雪舟)의 북방시로 대표된다.

오장환과 이용악·이찬·서정주의 시가 내몰리는 현실의 세계이고, 유치환이 절박한 현실에 대한 반응으로서의 자학적 탈출이라면, 둘째 그룹의 이서해·김려수·이설주 세 시인의 서정적 자아는 방황과 표박(漂迫)에 사로잡힌 니힐니스트 또는 코스모폴리탄들이다.

우선 이 세 시인의 성향이 가장 많이 드러나는 이서해의 시 한편을 보자.

　비오는 異邦의 거리를 거닐며
　휘파람부는 젊은 사나히 그는
　落葉 같이 뭇 발길에 채이고 밟히는 코스모포리탄

　가슴 깊이 간직한 幻影이여
　아름다운 꿈이 있었기에 마음은 아프다.
　전신주에 몸을 기대 慕鄕心에 두 눈이 침침해라
　• 이서해, 「코스모포리탄」 1, 2연

그러나 한 얼 生의 경우는 위의 두 그룹과 다르다. 한 얼 生의 앞에는 파인(巴人)이 있고, 뒤에는 이수형(李琇馨)이 있다. 이 세 시인에게서는 근원적 상실감, 또는 근원 회귀욕구가 감지된다. 이들은 코스모폴리탄의 기질도 아니고, 현실에 대한 불만으로서의 시적 반응도 아니다. 이들은 앞의 두 그룹의 끝에 서 있다.

한 얼 生의 이런 가설이 종국에 가서 해명되는 것을 보여주기 위해서는 이 세 그룹에 대해 좀 더 심화된 성찰이 필요하다.

팔려가는 여인과 박제된 민족에 대한 허무의식

1930년대 말 마도강 체험이 형상화된 북방시 가운데에는 팔려가는 여자에 대한 서사가 자주 등장한다. 그 대표적인 시인이 이용악이다. 이용악은 1937년 도쿄에서 발행한 시집 『분수령』의 제일 앞자리에 다음과 같은 6행의 짧은 시, 「북쪽」을 실었다.

북쪽은 고향
그 북쪽은 여인이 팔려간 나라
머언 산맥에 바람이 얼어붓를 때
다시 풀릴 때
시름 만흔 북쪽 하늘에
마음은 눈 감을 줄 몰으다.
　• 이용악, 「북쪽」 전문

『분수령』은 이용악의 처녀시집이다. 이 첫 시집을 팔려간 여인에 대한 슬픈 서사로 시작하는 시의식은 무엇일까. 이용악은 이 시집의 후기에서 처음에 『분수령』은 미발표의 시고에서 50편을 골라서 엮었던 것인데 그것이 뜻대로 되지 못했고, 여러 달 지난 지금 처음의 절반도 못 되는 20편만을 겨우 실어 세상에 내보낸다는 말을 하고 있다. 우리는 '꼬리말'이란 이 후기가 이 시집 간행에 따른 어떤 고충을 암시하는 것이라고 생각한다. 그러나 그 고충이 구체적으로 어떤 것인지는 알 수 없다. 다만 50수의 시가 20수로 삭감될 때 1930년대 후반 식민지를 통치하는 적국의 수도에서 시집을 출판해야 하는 어떤 상황과 맞물리는 상당수의 시가 제외되지 않았을까하고 유추할 뿐이다. 이것은 「북쪽」이 앞에 논의해온 당시의 대체적인 시의 경향과 그 내포가 동질성을 보여주기 때문이다. 무릇 서시란 한 시집에서 그것의 시적 성향이 가장 잘 드러나는 작품이다. 우리는 이 시인이 그 후에도 「북쪽」과 같은 모티프로 계속 시를 쓴 사실에서 이런 가정이 대체적으로 맞는 것을 발견한다. 팔려서 마도강까지 왔다는 「전라도 가시내」의 서사가 바로 이런 추론과 맞물린다.

알룩조개에 입 맞추며 자랐나
눈이 바다처럼 푸를뿐더러 까무스레한 네얼굴
가시내야

나는 발을 얼구며
무쇠다리를 건너 온 함경도 사내

바람소리도 호개도 인전 무섭지 않다만
어두운 등불 밑 안개처럼 자욱한 시름을
달게 마시련다만
어디서 흉참한 기별이 뛰어들 것만 같애
두터운 벽도 이웃도 못미더운 북간도 술막

온갖 방자의 말을 품고 왔다
논포래를 뚫고 왔다
가시내야

너의 가슴 그늘진 숲속을 기어간 오솔길을
나는 헤매이자
술을 부어 남실 남실 술을 따루어
가난한 이야기에 고히 잠거다오

네 두만강을 건너 왔다는 석달 전이면
단풍이 물들어 천리 천리 또 천리 산 마다 불탔을겐데
그래두 외로워서 슬퍼서 초마폭으로 얼굴을 가렸더냐

두 낮 두 밤을 두루미처럼 울어 울어
불술기 구름 속을 달리는양 유리창이 흐리더냐

차알싹 부서지는 파도 소리에 취한듯
때로 싸늘한 웃음이 소리 없이 새기는 보조개
가시내야
울듯 울듯 울지 않는 전라도 가시내야

두어마디 너의 사투리로 때 아닌 봄을 불러줄게
손때 수집은 분홍 댕기 휘 휘 날리며
잠깐 너의 나라로 돌아 가거라

이윽고 얼음길이 밝으면
나는 눈포래 휘감아치는 벌판에 우줄 우줄
나설 게다
노래도 없이 사라질 게다
자욱도 없이 사라질 게다
 • 이용악, 「전라도 가시내」[11] 전문

이 시를 외연만으로 읽을 때, 이 시는 남녀 간의 정분을 노
래하는 것이 된다. 그러나 이 정분은 결코 낯선 주막에서의

하룻밤 사랑 같은 것이 아니다. 여인들이 팔려오도록까지 상황을 악화시켜 놓고도 바라보고만 있어야 하는 사내의 자탄이 피압박 민족의 울분으로 시의 밑바닥에 깔려 있기 때문이다. 그러면 사내란 어떤 존재인가. 그도 고향을 떠나 떠도는 존재이다. 왜 고향을 떠났을까. 한 얼 生의 「남신의주 유동 박시봉방」의 그 낙백한 영혼처럼 왜 거리를 헤매는 존재가 되었을까. 이 시가 우리의 마음을 더욱 아프게 하는 연유가 여기에 있다. 민족사의 비극을 환유하기 때문이다. 여인에게 고향으로 돌아가라고 이르는 토로 속에는 기실 그간 사내가 겪었던 삶의 신산함이 자리 잡고 있다. "이윽고 얼음길이 밝으면/나는 눈 포래 휘감아치는 벌판에 우줄우줄/나설 게다/노래도 없이 사라질 게다/자욱도 없이 사라질 게다"고 한 대목이 그렇다.

　남의 땅에 작부로 팔려온 제비 같은 소녀, 그런 여인을 앉혀놓고 술을 마시는 동족의 사내, 그 사내의 흉중은 지금 깊은 죄책감에 빠져 있다. 여자를 팔아먹었다는 자책감, 결과적으로 채홍사의 책임을 면할 수 없다는 자격지심이 이 사내를 치고 있는 것이다. 이역만리에서 깨닫는 이 통한이 이 사내를 울게 만들고, 눈보라 속으로 자취 없이 사라지게 한다.

　　國境의 조그만 마을 으슥한 酒店

주점의 샐녘 호젓한 뒷방
꾸무럭이는 小람포 으스름한 등빛 아래
연달아 넘는 잔을 들고 또 들고
즐거워야 할 날은 밤도 한숨으로 지새든
애처롭은 기억의 그 여인이여

생이별한 그 년석은 꿈에 뷜가 두려워도
아홉살난 중대가리 그 아이 생각
이렇게 눈 나리고 스산한 밤에엔
의붓어미 등쌀에 웅크리고 덜덜 떨며
잠 못드는 상싶어
잊으려도 잊으려도 미칠 듯 싶다 미칠 듯 싶다⋯⋯

오 北國의 밤은 오늘도 눈이 나리고
게다가 샛바람마저 이잉 잉 휩쓸어치고⋯⋯
눈물겨웁다 국경에 시드는 한 떨기 꽃이여
오늘밤도 오다가다 깃들인 어느 旅人의 품에
보람없을 설움의 향기를 풍기느뇨
　• 이찬, 「눈밤의 기억」[12] 전문

　이런 사건 속에는 이 땅의 남자들이 오랜 역사를 통해 체험했던 불행한 남성상처가 자리 잡고 있다. 중국에 '공녀'란 이름으로 딸을 바쳐야 했고, 병자난에는 환향녀, 화냥년으로 돌아온 여자들을 맞아야 했고, 또 한 때는 정신대로 여인들을 보내야 했던 사실 말이다. 이 땅의 사내 · 남자들이 받았던 이런 정신적 상처가 물론 이용악이나 이찬의 시에만 나타나는 것은 아니다. 미당이 그 시절 마도강에서 조그만 회사 서기노릇을 하며, 주인에게 무시당하는 게 서러워 오기로 호피조끼를 사 입던 시절[13] 불렀던 숙(淑)이도 이용악이 부르던 순이(順伊)나 이찬의 '기억의 여인'에 다르지 않은 포에지(poésie)이다. 북방파 시의 이런 트라우마가 우리의 가슴을 울리는 또 하나의 포에지다.

억새풀닢 욱어진 峻嶺을 넘어가면
하눌밑에 길은 어데로나 있느니라.
그많은 三等客車의 步行客의 火輪船의 모이는곧
木浦나 群山等地. 아무데거나

(……)

혹은 어느 人事紹介所의 어스컹컴한 房구석에서
속옷까지 깨끗이 그 치마뒤에있는 속옷까지 베껴야만하

는 그러헌順序.

깜한 네 열 개의손톱으로 쥐여뜨드며 쥐여뜨드며

그래도 끝끝내는 끌려가야만하는 그러헌너의 順序를.

淑아!

 • 서정주, 「밤이 깊으면」[14] 일부

이태준(李泰俊)도 그 시절 마도강을 여행하며 우리의 여자들을 팔아먹는 채홍사의 이야기를 생생하게 썼다.

이등대합실에 가니 거기도 자리가 없었다. 손씻는 데로 가니 거기엔 여자 전용도 아닌 데서 시뻘건 융 속적삼을 내어놓고 목덜미를 씻는 조선 치마의 여자가 있다. 보니 그 옆엔 조선 여자가 여럿이다. 까무잡잡한 30세가 훨씬 넘어 보이는 여자가 하나, 아직 16, 7세 밖에는 더 먹지 못했을 솜털이 까시시한 소녀가 하나, 그리고는 목덜미를 씻는 여자까지 세 여자는 모두 22, 3세 정도로 핏기는 없을 망정 유들유들한 젊고 건강한 여자들이다. 그들은 빨간병, 파란병들을 내어놓고 값싼 향기를 퍼뜨리며 화장들에 분주하다. 나는 제일 먼저 화장을 끝내는 듯한 여자에게로 갔다.

"실례올시다만 나도 여기가 초행이 돼 그럽니다. 어디까지들 가십니까?"

　"예?"

하고 그 여자는 놀랄 뿐, 그리고 그들은 일제히 나를 보던 눈으로 맞은편에 이들과는 상관이 없는 듯이 따로 서 있는 노신사 한 분을 쳐다보는 것이다. 작은 눈이 날카롭게 반짝이는 이 노랑수염의 노신사는 한 손으로 금시계 줄을 쓸어만지며 나에게로 다가왔다.

　"실례올시다만 신경(新京) 갈 차가 아직 멀었습니까?"

　"차 시간을 몰라 물으실 양반 같진 않은데……."

하는 그의 눈은 더욱 날카로워진다. 나는 그냥 시침을 뗐다.

　"몰라 묻습니다. 신경들 가시지 않습니까?"

　"우린 북지(北支)루 가우."

하며 그는 나의 아래위를 잠깐 훑어보더니 이내 매점으로 가 5전짜리 미루꾸를 한 갑씩 사다가 여자들에게 나눠주는 것이다. 모두 주린 듯 받기 바쁘게 먹는다. 거의 하나씩은 다 해넣은 듯한 금이빨을 번쩍거리며, 그리고 그네들은 모두 이 노신사더러 '아버지'라 불렀다. 그는 물어보나마나 북경(北京)이나 천진(天津) 같은 데 무슨 루(樓), 무슨 관(館)의 주인일 것이다. 이 눈썹을 그리며 미루꾸를 씹으며 무심하게 즐거이 험한 타국에 끌려가는 젊은 계집

들, 나는 그들의 비린내 끼치는 살에나마 여기에선 새삼스
런 골육감(骨肉感)을 느끼지 않을 수 없었다.

　　• 이태준, 「만주기행」 일부

　여기서 우리는 다시 한 번 북쪽은 여인이 팔려간 나라라는
그 정신적 상처가, 「제비갓흔 소녀야」, 「전라도 가시내」, 「눈
밤의 기억」에 공통적으로 나타나며, 조금씩 다르지만 모두
팔려간 여인의 모티프임을 확인한다.

　이 유형의 시가 보유하고 있는 다른 한 면은 유랑의 모티
프가 형성하고 있는 응결된 언어와 그것이 발산하는 포에지
의 문제이다. 이런 면은 이 유형의 시에 두루 퍼져 있어 적합
한 예를 지적하는 것은 그리 어렵지 않다.

　　삽살개 짖는 소리
　　눈포래에 얼어붙는 섯달그믐
　　밤이
　　얄궂은 손을 하도 곱게 흔들길래
　　술을 마시어 불타는 소원이 이 부두로 왔다

　　걸어온 길까에 찔래 한송이 없었대도
　　나의 아롱범은

자옥 자옥을 뉘우칠 줄 몰은다
어깨에 쌓여도 하얀 눈이 무겁지 않고나

철없는 누이 고수머릴랑 어루만지며
우라지오의 이야길 캐고 싶던 밤이면
울 어머닌
서투른 마우재말도 들려주셨지
졸음졸음 귀밝히는 누이 잠들 때꺼정
등불이 깜박 저절로 눈감을 때꺼정

(… 제4연 생략…)

드나드는 배하나 없는 지금
부두에 호젓선 나는 멧비들기 아니건만
날고싶어 날고싶어
머리에 어슴푸레 그리어진 그곳
우라지오의 바다는 어름이 두텁다.

등대와 나와
서로 속삭일 수 없는 생각에 잠기고
밤은 얄팍한 꿈을 끝없이 꾀인다.

가도오도 못할 우라지오

　• 이용악, 「우라지오 가까운 항구에서」 일부

　우리가 잘 알듯이 블라디보스토크는 조선의 망명정부가
있던 한 · 소 국경 지대의 항구도시이다. 그러나 이용악의 이
시에서 이 고유명사의 외연적 의미는 물론 이런 현상적 사실
의 친술에 머무는 것은 아니다. 갈 곳도 돌아올 곳도 없는 나
그네가 잠시 머물 정적만 감도는 밤 항구, 눈보라 몰아치는
삭막한 어둠의 공간이 이 도시이다. 어머니의 입김도 마음으
로만 남아 있고 찔레 한 송이 피지 않는 '북쪽'의 동토이다.
북쪽과 여인 · 어머니 · 누이의 이미지가 겹쳐져 있다. 이 시
의 화자는 낙오자의 모습이다. 그리고 이 낙오자 의식은 행
복했던 과거사와 연결되어 있다. 이것은 불행한 현실을 과거
를 통해 회복하는 자세이다. 비극이 더욱 심화되는 구조이
다. 이용악의 이런 세계에 대한 비극적 현실의식은 다시 항
구의 이미지 등으로 형상화되거나 국경지대를 정신적 공간
으로 한 남성적 상처로 확대 심화된다.

　　꽃이랑 꺾어 가슴을 치례하고 우리 회파람이나 간간이
　　불어보자요 훨훨 옷깃을 날리며 머리칼을 날리며
　　서로 헤어진 멀고 먼 바닷가에서

우리 한번은 웃음지어 보자요

　• 이용악, 「항구에서」 제3연

눈내려

아득한 나라까지도 내다보이는 밤이면

내사야 혼자서 울었다

나의 피에도 머물지 못한 나의 영혼은

탄타로스여

너의 못가에서 길이 목마르고

별 아래

숱한 별 아래

웃어보리라 이제

헛되이 웃음지어도 밤마다 붉은 얼굴엔

바다와 바다가 물결치리라

　• 이용악, 「별 아래」 전문

　인용된 시 두 편이 모두 다 항구의 이미지와 연계된 별리의 서정시이다. 그렇지만 그 웃음은 이별 다음을 막연히 기약하는 공허한 웃음이요, 또 이별을 해야 할 사람의 쓸쓸한 웃음이다. 그래서 상처가 더욱 깊어진다. 이용악의 이런 비극적 서정성은 드디어 민족공동체적 페이소스(pathos)로 확산된다. 이것은 이수형, 한 얼 生과 같은 '민족의식적 주체'라는 시정신과 동류항을 이루는 데서 드러난다.

　이 점을 이 세 시인의 대표작을 통해 조금만 더 고찰해보는 것이 좋겠다.

　　우리 집도 안이고
　　일갓집도 아인 집
　　고향은 더욱 안인 곳에서
　　아버지의 寢上 업는 최후 最後의 밤은
　　풀버렛 소리 가득차 잇섯다.

　　露領을 단이면서까지
　　애써 자래운 아들과 딸에게
　　한마듸 남겨두는 말도 업섯고
　　아무울灣의 파선도
　　설룽한 니코리스크의 밤도 완전히 이즈섯다.
　　목침을 반듯이 벤채

　　다시 뜨시쟎는 두눈에

피지 못한 꿈의 꽃봉오리가 깔안ㅅ고
얼음짱에 누우신듯 손발을 식어갈뿐
입술은 심장의 영원한 정지를 가르쳤다.

때 늦은 의원이 아모 말 업시 돌아간 뒤
이웃 늙은이 손으로
눈 빛 미명은 고요히
낯츨 덮었다.

우리는 머리맛헤 업듸여
잇는대로의 울음을 다아 울엇고
아버지의 寢上없는 최후 最後의 밤은
풀버렛 소리 가득차 있었다.
　• 이용악, 「풀버렛 소리 가득차 잇섯다」[15] 전문

　흰옷에 바가지 주렁주렁 둘러메고 가는 사람들 너희끼
리 끔직히 바래는 마음끝은 어디길래, 가도가도 자꾸만 어
긋나는 것일까. 박꽃 덩굴이 말라가는, 게딱지같은 지붕에
선 유룽유룽 창끝같은 고드름 장작도 사라져 겨울 지나면
고향뜰 허물어진 돌각담 틈에는, 담자색 오랑캐꽃 피고,
어디선가 들려오는 날라리에 어깨춤 추며, 하얀 달래 살진

봄미나리로 소꿉질하며, 손주들이 목화처럼 자라던 일이
랑, 건너 산기슭 흙내 그윽한 죄고마한 영창, 모두해서 희
한한 것이란, 하얗게 닫힌 쌍바라지 뿐, 해마다 할아버지
는 방바닥하신다고, 열매기다리던 탱자나무 흰꽃 필 무렵
이면, 으레히 소천어 천렵하던 일이며, 이윽고 할아버지도
돌아가고, 고향들엔 선조의 묘만 늘어가던 유난히도 유자
랑 향기롭던 써늘한 가을날, 손주소년은 하얀 쌍바라지도
여희고, 몇몇개의 바가지에 섞여서 이리굴리고 저리굴리
고 이민열차속 때문은 돌부처되여서, 자꾸만 흔들리어 가
던 일이며.

   • 이수형,「행색」(行色) 제1연

어느 사이에 나는 아내도 없고, 또
아내와 살던 집도 없어지고
그리고 살뜰한 부모며 동생들과도 멀리 떨어져서
그 어느 바람 세인 쓸쓸한 거리끝에 헤매이었다.
바로 날도 저물어서
바람은 더욱 세게 불고 추위는 점점 더해 오는데
나는 어느 木手네 집 헌 삿을 깐
한 방에 들어서 쥔을 붙이었다.

   •「남신의주 유동 박시봉방」(南新義州柳洞朴時逢方) 일부

인용된 북방시에 공통적으로 나타나는 문제는 세 가지이다. 첫째는 아버지, 손주와 할아버지, 부모며 동생 등으로 표상되고 있는 가족사의 문제이고, 그 다음은 죽음과 이어지는 적막함이다. 그리고 세 번째의 특징은 이런 문제가 우리의 토속어로 응결되어 음향적인 뉘앙스에서 오는 매혹적인 포에지를 형성하고 있는 점이다.

세 작품의 서정적 자아는 모두 자기의 땅에서 유배당한 사람들이다. 객지를 떠도는 낙백한 영혼이 이들이다. 아버지란 무엇인가. 손주와 할아버지는 또 무엇인가. 할아버지·아버지·손주 이 세 존재는 가족의 중심이고, 인간생명의 뿌리이다. 위의 시들은 이 기둥과 생명의 존재, 그 엄숙한 생명의 고리관계를 모티프로 하고 있다. 그런데 이 세 존재는 모두 그 뿌리를 내려야 할 공간을 떠난 상태다. 그렇지만 고향을 떠난 공간에서 아버지며 할아버지를 통해 자기를 발견한다. 인간 생명에 대한 본질의 인식이다. 그러나 그것은 객사하는 아버지고, 유자랑 향기롭게 써늘한 가을날 선조의 묘 끝자리를 메우는 할아버지이며, 부모와 동생들과 떨어져 살아야 하는 비극적 운명에 놓인 체념의 인간들이다.

한편, 이 세 시편에 공통적으로 나타나는 '죽음과 적막함'의 실체는 또 무엇인가. 우리 집도 아니고, 일갓집도 아니고, 고향은 더욱 아닌 곳에서 애써 기른 아들과 딸에게 한마디

유언도 없이 객사한 아버지, 풀벌레 소리만 가득한 밤 정적 속의 임종, 그리고 바람 센 쓸쓸한 거리를 헤매는 가련한 영혼의 호소, 하얗게 바랜 고향으로 돌아가는 지친 행색──이들은 모두 매듭 많은 역사 속에 알게 모르게 형성된 비애와 체념의 상처이다.

이런 역사를 직접 체험했고, 이런 시를 썼던 당사자 이수형의 술회를 한번 들어보자.

幸인지 不幸인지 젖먹이 때 우리는 放浪하는 아비어미의 등곬에서 시달리며 무서운 國境넘어 우라지오바다며 아라사 벌판을 달리는 이즈보즈의 마차에 트로이카에 흔들리어서 갔던 일이며, 이윽고 모도다 홀어미의 손에서 자라올 때 그림 즐기던 용악의 형의 아구릿파랑 세네카랑 숱한 뎃쌍을 붙인 房에서 밤낮으로 얼굴을 맞대고 있었던 일이며, (……) 그 뒤 섬트기 始作하여 日本으로 北間島로 헤어졌다 만났다하며 工夫하고 放浪하는 새…[16]

이용악 · 한 얼 生 · 이수형의 실제 삶이 앞의 세 시에 나타나는 서정적 자아와 유사하다. 방랑과 이산의 현장에서 살았던 바로 그 마도강체험이 시의식의 바탕이 되었기 때문이다. 세 편의 시가 우리의 마음을 울리는 이유가 여기에 있다.

또 하나는 여성적 상처에 의한 포에지가 어떻게 북방정서를 환기하는 언어미로 압축되는가의 문제이다.

어쩌자고 자꾸만 그리워지는
당신네들을 깨끗이 잊어버리고자
북에서도 북쪽
그렇습니다 머나먼 곳으로 와버린 것인데
산구비 돌아돌아 막차 갈 때마다
먼지와 함께 들이키기엔
너무나 너무나 차거운 유리잔
　• 이용악,「막차 갈 때마다」전문

해방 직전에 쓴 이용악의 이 시의 포에지가 외방지향의 고향 상실감으로 나타나는 면은 도쿄에서 쓴 『낡은 집』 시절의 시와 조금도 다르지 않다.

이런 면은 결코 단순한 문제가 아니다. 지역성과 향토성이 모국어의 한 본질을 통과하면서 독특한 정서의 세계를 형성하고 있기 때문이다. 한 얼 生의 문학과 삶을 이야기하면서 이 두 시인의 시를 함께 묶어 그 포에지를 민족의 주체적 시의식의 시각에서 해석하려는 의도가 바로 이것이다.

유랑과 방랑, 그 낭만적 기질(Bohemian temper)의 정체

지금까지 고찰해온 북방파 시들과는 다르게 한 시집이 전부 또는 거의 유랑과 방랑의 모티프로 차 있는 예가 있다. 이서해의 『이국녀』(異國女), 이설주의 『방랑기』(放浪記), 박팔양(朴八陽)의 『여수시초』(麗水詩抄)가 그것이다.

1937년에 간행된 이서해의 『이국녀』에는 55편의 시가 수록되어 있는데 전 작품이 유랑과 방랑의 모티프로 되어 있다. 참고로 우선 시의 제목을 서시부터 10개만 순서대로 적어보겠다.

「북조선」, 「두만강을 건느며」, 「이국의 달밤」, 「고별」, 「비나리는 도문강안에」, 「고국을 떠나며」, 「두만강반에 해는 점으러」, 「코스모포리탄」, 「사풍」(沙風), 「강안에 앉어서」……. 하나같이 유랑·방랑·떠남을 환기하는 제목이다.

1948년에 간행된 이설주의 『방랑기』 역시 이와 유사한데, 이 경우는 아예 시집이름부터 '방랑기'이다.

소소리 바람 불어 눈 날리는 거리를 길 잃은 손이 되어

몇마듸 주서모은 서투른 말에 姑娘이 웃고 가고

行商떼 드나드는 바쁜 나루에 물새가 울면

외짝 마음은 노상 故鄕하늘에 구름을 좇곤했다.
- 이설주, 「방랑기」[17] 일부

시집명이 된 「방랑기」의 일부분인데, 그 공간이 역시 북쪽으로 되어 있는 점은 지금까지 다룬 여타 시와 동일하다. 주위듣고 배운 말에 '꾸냥'〔姑娘〕이 웃고, 장사꾼이 분주히 드나든다는 서사로 보아 한·만 국경지대 어떤 지역일 듯하다.

다른 작품에서도 방랑과 유랑의 낭만적 시의식이 바탕에 깔려 있지만 그것을 넘어서는 엄혹한 현실이 시대를 증언하며 형상화된다.

눈보라 사나워 야윈 뿔을 깎고
빙판에 말굽이 얼어붙는
영하 50도 塞北萬里에
유랑의 무리가 山東若力〔쿠리〕처럼 흘러간다

일본서 또 무슨 개척단이 새로 入植한대서
고국을 모르는 백의동포들이
할어버지때 이주해서 삼십년이나 살았다는
南滿 어느 따사로운 촌락을 쫓겨
북으로 북으로 흘러가는 무리란다

밀가루떡 한 조각이면 그만이고
도야지 足 한쪽만 있으면 생일잔치라는
흙에서 살아 흙을 아는 사람들이다
고국은 몰라도 한 평 농토만 있으면
그 곳이 내 고향이라 믿는 백성

고국을 몰라도
고향을 의지하고 사는 농민
눈보래 사나워 야윈 뿔을 깍고
빙판에 말굽이 얼어붙는
영하 50도 塞北萬里를
몇차례 눈물을 흘치고
또 다음 고향이 바뀌려한다.
  • 이설주, 「이민」(移民)[18] 전문

　이설주가 해방 이후 첫 번째로 낸 시집이 『들국화』(1947)
인데 이 시집에도 북만을 방랑하는 시가 중심을 이루고 있
다. 이 「이민」은 같은 시집의 「이앙」(移秧)과 함께 당시의 이
주농민이 생활고에 시달리던 삶의 사정을 이와 같이 사실적
으로 문제 삼고 있다.
　박팔양 또한 이 두 시인과 성향이 같다. 『여수시초』는 한

얼 生이 만선일보에 평을 쓰기도 한 시집인데, 이 시집 역시 거개의 작품이 보헤미안적 성향이 지배한다.

상해로 가는 배가 떠난다.
低音의 汽笛, 그 여운을 길게 남기고
유랑과 추방과 망명의
많은 목숨을 싣고 떠나는 배다
• 박팔양, 「인천항」(仁川港)[19] 제2연

『여수시초』는 박팔양 자선(自選)의 시집이고, 이 시집을 한 얼 生은 '슬픔과 진실'을 담은 인생담이라며 높이 평가했다.[20] 한 얼 生이 왜 이 시집을 높이 평가했는지에 대해서는 뒷장에서 그 이유가 드러나겠지만, 어쨌든 『여수시초』가 유랑·추방·망명·코스모폴리탄의 시의식에 의해 지배되고 있는 것만은 분명하다.

이상 세 북방파 시인은 불행하게도 우리 시사에 그 이름이 크게 나타나지 않는다. 이런 점에서 이들의 작품에 대한 간략한 고찰이 필요하다.

시인 이서해가 어떤 인물인지는 분명하지가 않다. 그의 고향은 충남 공주이고 한·만 국경지대를 거쳐 먼 북쪽으로 방랑의 길을 떠나기 전 『신동아』에 「토막의 달밤」(1934. 4)을 발표했다는 정도가 알려져 있다. 이 시인의 성향이 어떤 데 자리 잡고 있는지는 이 작품이 어느 정도 시사한다.

흙속에 사는 사람들
어느 송장의 掘塚인지도 모르는 土窟
그들은 송장같이 흙 속에 묻힌다.

무덤같은 토막 어둑한 흙 속
거기에도 피끓는 생명이
허위를 모르는 진실한 삶을
찬 땅에 깊이 깊이 파고 드느니

(⋯제3연 생략⋯)

발아래 굽어보니 드러눈 무덤이요
고개드니 산아래 토막이 웅게 웅게
지상으로 지하로 生에서 死로 추방되는 이
허무를 느끼는 토막의 달밤이여
  • 이서해,「토막의 달밤」일부

이 시의 내용은 토굴 생활을 해야 하는 비참한 사람들의 삶이지만, 그래도 그 토막에 달이 뜬다는 것이다. 비감에 찬 아름다움, 비애미이다. 일본 제국주의자들의 한국 강점이 극대화 되어가는 마당에서 비록 서툰 기교일망정 한국의 근원적 비극의 싹틈에 고민하는 지식인의 정신세계가 돋보인다. 감정의 넘침과 과장된 표현이 1920년대의 감상주의 시를 연상시킨다. 그렇지만 이 시인의 정신세계가 어떤 데에 가 있는지는 분명히 드러난다.

박팔양(1905~?)은 1921년 정지용·김화산(金華山) 등과 시동인지 『요람』에서 활동하다가 1924년 『동아일보』 신춘문예에 시 「신의 주」(新의 酒)가 당선되어 문단에 데뷔한 경성제대 법학부 출신의 시인이다. 사회학 전공자 출신답게 초기에는 카프(KAPF)의 맹원으로 활약하면서 동반자적 처지에서 주로 경향시를 썼다. 이런 성향은 「데모」, 「그날은 크리스마스」 등과 같은 작품에서 잘 드러난다. 1929년경부터는 다다이즘적 경향을 띤 시를 발표하기 시작했는데 1930년대 전반기에 발표한 「정성스런 마음으로」, 「내가 흙을」, 「여름 저녁 거리」, 「여름밤 한울 우에」, 「가로등하 풍경」, 「달밤」, 「도회정취」, 「인천항」, 「태양을 등진 거리위에서」 등이 그런 작품이다. 이런 시편들은 다다이즘이 가미된 프롤레타리아 시로서 도시적인 서정이 주조를 이룬다.

박팔양의 후기문학관은 전기문학관과는 성향이 아주 다르

다. 카프맹원의 비판적 참여성보다 감각적이고, 서정적 소시민 정신과 낭만성이 바탕을 이룬다. 이런 점은 1940년에 간행된 『여수시초』에 대한 평과 1942년에 편저한 『만주시인집』의 서문에 선언적으로 진술되어 있다.

그 누가 저 시냇가에서
저렷케 쓸쓸한 휘파람을 붐니까
그도 나와 갓치 근심이 만어
밤하늘 우러러보며 슬프게 우나 봅니다.

높은 시름이 잇고 높은 슬픔이 잇는 혼은 복된 것이 아니겟습니까. (……) 시인은 슬픈 사람입니다. 세상의 온갖 슬프지 안흔 것에 슬퍼할 줄 아는 혼입니다.
• 「슬품과 진실」(上)[21] 일부

長白靈逢의 품미를 의지하고 살은 우리요 黑龍長江의 울타리 안에서 살은 우리가 아닌가? 松花江 언덕 杏花村에 情드리고 살고 海蘭江 白沙場에 녯 이야기를 주으며 귀로 '오랑캐고개'의 傳說과 눈으로 '勃海古址 六宮의 남은잣최 줏추돌도 늘근것'(尹海榮氏)을 듯고 보고 살어온 우리다.
아아 滿洲 땅! 꿈에도 못닛는 우리 故鄕 우리 나라가 안인가?

　　언제든지 고웁고 아름다운
　　장미꽃 송이를 안고
　　면― 동산으로
　　서들지안는 세월을 차저 왓습니다
　　• 趙鶴來氏「滿洲에서」의 一節

　　漆夜에 불빗 思慕하듯
　　誠實하고 바른길 思慕케하소서
　　깨긋한 空氣 呼吸하며
　　健全한 生의 塔 싸케 하소서
　　• 張起善氏「새날의 祝願」의 一節

　　시들지 안는 歲月을 처저와서 健全한 生의 塔을 싸흐려
는 우리들의 祝願이 이짱 이나라의 한울과 벌과 개울과 密
林과 바람과 部落속에 서리여 잇는 것을 이곳에 사는 사람
으로 누가 是認하지 아니하랴?[22]

　앞의 인용은 한 얼 生이 백석이라는 이름으로[23] 박팔양의
시집『여수시초』를 평한 글의 일부분이고, 뒤의 것은 박팔양

자신이 『만주시인집』 서문에 쓴 글이다.

　『만주시인집』 서문의 글에서는 체제 순응 또는 시대 영합적인 분위기가 강하게 나타난다. 이런 점은 이 시인의 초기 시, 이를테면 「여명이전」과 같은 카프계열의 시풍과는 아주 다르다.

　　이제야 온단 말인가 이 사람아
　　나는 그대들을 기다려 기나긴 밤을 다 새였노라
　　까막까치 뛰어다니어 아침을 지저귈 때
　　나는 그대들의 옴을 보려고 몇 번이나 洞口 밖에 나갔든고

　　그대들은 모르리라
　　황량한 이 폐허, 이 거츠른 터에
　　심술궂은 비바람이 허공에 몸부림치든 지난 밤일
　　아아 꽃같이 젊은 무리가
　　죄 없이 이 자리에서 몇이나 피 토하고 죽지 않았느뇨
　　　• 박팔양, 「여명이전」(黎明以前)[24] 제1, 2연

　임화(林和)의 「네거리의 순이」, 「우산받은 요꼬하마 부두」 등과 함께 1920년대 계급투쟁이 가장 큰 역점을 두었던 반

제·반식민지운동의 전형적 성격이 잘 드러나는 작품이다. 그러나 『만주시인집』에서는 전기의 이런 격앙된 톤이 연인을 부르는 듯한 부드러운 목소리로 바뀌어 있다. 그러면서 그는 "나는 나를 사랑하며/나의 안해와 자녀들을 사랑하며/나의 부모와 형제와 자매들을 사랑하며/나의 동지와 나의 고향을 사랑하며"「사랑함」을 탄주하다가 마침내 "나의 일본―조선과 만주를 사랑하며"라고 했다. 노동계층, 압박받는 민족이며 반식민지운동의 시의식과 결별했다. 북방파 시의 아주 이질적인 굴절이다.

길손―그는 한 코스모포리탄
아무도 그의 고국을 아는 이 없다.
大空을 날르는 '새'의 자유로운 마음
그의 발길은 아무데나 거칠 것이 없다

길손―그는 한 니힐리스트
그의 슬픈 옷자락이 바람에 나부낀다
쓰디쓴 과거여 탐탁할 것 없는 현재여.
그는 장래(將來)할 '꿈'마자 물우에 떠보낸다.

길손―그는 한 낙천주의자

더 잃을 것은 없고 얻을 것만이 있는 그다
고향과 명예와 안락은
그가 버림으로서 다시 얻는 재산이리라.

길손―그대는 쓰디쓴 입맛을 다신다
길손―그대는 슬픈 대공(大空)의 자유로운 "새"다.
 • 박팔양, 「길손」[25] 전문

선구자를 찬양하고, 여명의 아침을 노래하던 시의식과는
전혀 다른 세계이다. 그리고는 그 자리에 현실에 안주하는
이유 모를 밝은 시심을 심었다. "비바람에 속절없이 지는 그
꽃잎은/선구자의 불행한 수난이외다/어찌하야 이 나라에 태
어난 이 가난한 시인이/이 같이도 그 꽃을 붓들고 우는지 아
십니까/그것은 우리의 선구자들 수난의 모양이/너무도 많이
나의 머리 속에 있는 까닭이외다"(「봄의 선구자」, 1930)라
던 혁명적 열기가 넘치던 자리에 코스모포리탄 · 니힐리스
트 · 낙천주의자 · 순응주의자가 자리 잡고 있다. 그래서 시
냇물 · 봄 · 4월 · 달밤이 시제로 채택되면서 그 말무늬는 밝
고 환하게 바뀌었다. 초기 작품의 지속성은 어디에도 발견할
수 없다. 박팔양의 이런 변모는 그가 제도권을 의식하며 저
항적 목소리로 투쟁의욕을 다지는 결의가 시의 끝을 장식하

던 카프계 맹원임을 더 이상 인정할 수 없게 한다. 사회학 전공자다운 변신이다.

이런 점에서 박팔양의 만주공간 인식은 앞에서 살펴본 이용악 · 오장환 · 유치환 · 이수형과 다르다.

그 중요한 차이는 시의 밑바닥에 시대와의 호응, 시대와의 화합이 깔려 있다는 점이다. 그렇지만 방랑 · 유랑 · 떠남의 포에지로 체험을 육화시키고 있는 점은 결과적으로 다른 시인과 동일하다. 하나의 아이러니이고, 자기 자신의 배반이다. 하지만 작품만을 문제 삼을 때 우리는 이런 배후를 표면으로 이끌어내어 타매할 논리가 별로 없다. 여전히 현실이 고통스럽다는 민족문학의 논리가 이제는 현실이 아름답다면, 무조건 비민족적인 것이 되는 것 또한 시인의 깊은 심리를 이해하지 못하는 것이 되기 때문이다. 또한 이런 점은 박팔양의 변절이 너무나 엄혹한 현실과 부딪힌 충격에서 발원된 니힐리즘, 그래서 마도강까지 흘러온 행로로 해석될 수도 있기 때문이다. 우리는 이런 시적 반응을 앞에서 논의한 이서해의 작품과 뒤에서 고찰할 이설주의 시에서도 발견할 수 있다.

박팔양은 『여수시초』의 말미, 「초후(抄後)에」에서 "가난한 오늘을 추억하며 반성하는 하나의 기회, 이것을 출발점으로 하여 이제야 비로소 정진의 길을 떠나려 마음먹는다"고

했다. 그렇지만 이런 행위의 박팔양을 두고 한 얼 生은 「슬픔
과 진실」에서 슬픈 시인이라고 했다. 시인은 슬픔을 탄주하
며 사는 슬픈 존재이고, 그 슬픔 속에 진실이 있다며 이 시집
의 평을 썼다. 그런데 슬프다는 의미가 이것뿐일까. 이런 점
에서 한 얼 生의 이 「슬픔과 진실」은 박팔양의 인간적 고뇌
를 엿볼 수 있는 아주 중요한 글이다. 시집 『사슴』으로 화제
를 모으고 문단의 주목을 받았던 한 얼 生이 박팔양 쪽으로
간 것이 아니라 이 시집이 간행되던 1940년대 초에도 박팔
양은 여전히 한 얼 生과 같은 시정신에 머물러 있다는 암시
가 이 글의 행간에서 배어난다.

앞에서 잠깐 살펴본 바 있지만 역시 카프 출신이면서 이
시기에 와서 새로운 시의 세계를 구축한 시인으로 이찬(李
燦)이 있다. 「북관천리」(北關千里), 「북방도」(北方圖), 「북만
주로 가는 월(月)이」, 「북국어항」(北國漁港) 등의 시를 쓴 이
시인의 시에도 올올이 이주의 슬픔이 소재로 등장한다.

준령을 넘고 또 넘어
北으로 七百里

여기는 압록강
江岸의 一小村

冬至도 못 됐건만 이미 積雪이 尺餘

오늘도 휩스러치는 눈보라에 영하로 三十여도

江은 첩첩이 평지인양 어러붙고

일대에 밤은 깊어 오가는 행인의 삐걱거리는 자욱소리
도 끝이었다

강가에 한 개 비뚜로 선 장명등

희미한 등ㅅ불아래 간혹 나타나는 무장 삼엄한 日警들

오늘밤은 몇이나 마적떼가 처든다 하더냐

오호 江건너 아득한 휘연한 北滿曠野

이름모를 村村에 어렵풋이 꿈벅이는 점점한 燈火여

순아 여흰지 三년 너는 오직이나 컷겠니

오늘밤은 몇번이나 우리고향 오리강변

꿈에 소스라쳐 깨느냐

오 어듸서 울려오는가 애련한 胡弓소리

산란한 내 마음 더욱이나 산란쿠나

따러라 이컵에 또 한잔을

루쥬 어여쁜 입을 갖은 짱꼬로 시약씨야
오호 나는 이 한밤은 마셔서 새이란다.
　• 이찬, 「국경의 밤」 전문

　이 시의 화자는 침울한 과거를 가진 사나이이다. 눈 내리
는 겨울밤, 동북 삼성과 마주한 한·만 국경지대, 그 무인지
경을 유랑하는 사나이. 순이를 부르는 침통한 목소리가 「전
라도 가시내」의 이용악의 그것과 조금도 다르지 않다. '여윈
순이'와 '루즈가 이쁜' 술집 시약씨가 대위법적 관계를 이루
고 있다. 이용악이 전라도 가시내를 찾는 그 지대에서 이찬
도 순이를 찾는다. 비통한 남성상처가 서로 다른 톤으로 극
화된 또 하나의 다른 예라 하겠다. 카프계 시와 다른 낭만적
파국이다. 이런 점에서 박팔양과 이찬은 시적 변화의 행로가
비슷하다. 두 시인을 함께 묶을 수 있는 이유이다. 이 문제는
다음 항에서 더 상세히 따지겠다. 결국 한 얼 生이 말하는 박
팔양의 '슬픔'의 원인이 어디에 있고, '진실'은 무엇인가가
문제로 남기 때문이다.
　이설주의 시에서도 사정은 비슷하다. 시집 『방랑기』는 한
마디로 한 니힐리스트의 광풍제월기이다. 그러나 이설주의

경우는 이 광풍제월의 동기가 시의 행간에서 쉽게 잡힌다. 이런 점이 바로 박팔양의 『여수시초』와 다르다. 완전한 허무주의, 완전한 순응주의가 시대와의 불화를 일으킨 결과이다.

이설주는 대구에서 태어나(1905, 본명 용수[龍壽]) 명문 대구고보를 졸업하고(1927) 일본에 유학, 니혼대학(日本大學) 경제과에 다니던 중 사상범으로 체포되어 중퇴하고(1932), 시 쓰기만으로 세수 96세를 누린 시인이다(2001. 4. 20 타계). 그는 대구고보 3학년 때 동향의 선배시인이자 같은 집안인 이상화에게 영향과 자극을 받아 시를 쓰기 시작했고, 시인으로서의 데뷔는 1932년 도쿄에서 『신일본민요』(新日本民謠)지에 약소민족의 비애를 은유한 「고소」(古巢)를 발표하면서부터이다. 이 시인은 1947년 『들국화』를 상재한 이후 평생 동안 22권의 시집을 출판했다. 많은 시집이다. 시력(詩歷)이 자그마치 60여 년이니 그럴 만하다. 아마 이런 시력은 우리 문학사상 그 예가 없을 것이다. 시력이 한 인간의 자연수명만하다. 이일향(李一香)은 아버지의 영향으로 시조시인이 되었고, 이설주가 운영하던 문화서점(文化書店)은 대구에서 가장 크고, 가장 번창한 서점이었다.[26] 한편 이 시인이 사장으로 있던 춘추사(春秋社)와 그가 관여했던 계몽사(啓蒙社)는 해방이후에서 6·25로 이어지는 대구의 문화계에 크게 이바지한 출판사이다. 사정이 이러하지만 시인

이설주에 대한 논의는 그가 타계했던 2001년 8월 월간『시문학』의「이설주 시인 추모 특집」이 유일한 것이 아니었나 싶다.

시인 이설주의 시세계는 그의 많은 시집만큼 시의식이 확산되어 있다. 응집과 압축이 아닌 여백과 여유, 일탈과 허무의식이 22권의 시집에 산재해 있다. 이러한 단정, 이러한 가설의 일부분을『방랑기』를 통해 살펴보고, 이런 시정신이 1930년대 말부터 40년 초에 북만체험의 덩어리를 이루는 여러 시인의 시적 반응과 어떤 길항관계에 있으며, 또한 이것이 한 얼 生의 북만행과 무엇이 같고 무엇이 다른지 살펴보려한다. 이설주의 입만행위 곧 '일본유학──귀국──한때 민족주의적 성향의 작품활동──마도강행'이 한 얼 生의 궤적과 매우 유사하여 흥미를 준다. 같은 시기에 비슷한 문학청년시절을 보낸 이용악 · 오장환 · 이찬 · 이수형 · 이서해 · 이설주 이런 시인들의 행적을 공식화(公式化)해낼 수 있는 가능성이 있을 듯하다.

장백일은 이설주 시인의 생애를 격정과 분노가 소용돌이치는 세파 헤침의 생애였고, 그로 인생을 깨우치고 깨닫는 관조와 달관의 일생이었다고 했다. 그러면서 그의 시를 다음과 같이 5기로 나누었다.

제1기(1932 ~45) 일제 침략의 조국 비애기

제2기(1946 ~60) 광복과 이념 충돌과 민족 상잔기

제3기(1961 ~75) 풍우와 격정 속에서의 생존과 진통기

제4기(1976 ~85) 이승에서의 인생무상과 허무 관조기

제5기(1986 ~2001) 죽음을 꿰뚫는 관조와 달관기[27]

이러한 견해의 타당성 여부는 시간이 지남에 따라 검증이 되겠지만, 그의 시 세계가 매우 넓다는 것만은 확인된 셈이다. 필자가 위에서 이설주의 시가 응축과 압축이라기보다는 일탈과 허무의식이 여러 시집에 산재해 있다고 말한 근거는 이런 점 때문이다.

이 글이 우선 이설주 시인의 생애와 문학에 흥미를 가져야 할 부분은 장백일이 구분하고 있는 제1기이다. 제1기를 대표하는 시집은 『방랑기』이고, 작품의 공간적 배경은 물론 '북쪽'이다.

어너누가 기대린다고

고향도 버리고 찾아 온 만주

어인고 참새 입알만한

내 죄그만 창자를 못 채워 준담

渺茫한 들이 길게 길게 뻗어 있어도
네몸 하나를 뉘어줄 곳 없구나
내 팔뚝이 거센 波濤처럼 억세건만
떠나는 너를 잡을 길이 없었드라

順伊야
너는 새 땅을 찾아 아비와 어미를 따라
다시 멀리 북지(北支)로 가버리었지
바람도 자고 별도 조을고
참새 보금자리에 꿈이 깊었는데
우울한 침묵과 廢船의 輓歌가 低流하는 이 방안이여

내 마음 기름 같은 고독을 안고
이 밤에 만리장성을 넘고 白河를 건너
雲煙이 漠漠한 북녘 하늘로 향했도다
毒蛇같은 쇠기가 잠겨있는 탁류에
櫓를 잃은 가엾은 순이야
萬壽山허리에 행여 高粱을 심었거든
가을 바람에 네 기쁜 노래를 부쳐다오
　• 이설주, 「이주애」(移住哀)[28] 전문

86

여성 화자 '순이'를 부르는 정조가 이용악의 「전라도 가시내」와 같고, 그 처연한 정조가 미당의 「밤이 깊으면」의 숙(淑)이를 연상시킨다. 백하, 이도백하 그 아득한 북방 지대에는 아직도 조선인들이 야만의 상태로 살아가는데, 이 시의 서정적 자아는 60여 년 전 한 알의 풀 씨앗처럼 그 땅으로 흘러가 순이를 부르고 있다. 참새 입만한 배도 못 채우는 가난함, 만가(輓歌)가 흐르는 듯한 허물어진 방안에서 이 시의 화자는 회한과 애수에 몸서리를 친다. 북지로 떠나는 순이를 잡지 못하고, 자신도 구름과 연기만 자욱한 낯선 북쪽으로 살 길 찾아 왔단다. 깊은 페이소스의 시상이 여타 시인들의 마도강 체험의 그것과 하나도 다르지 않다. 민족 허무주의자의 한 양태이다. 이런 점이 이 시인의 절대적 한계이다.

2001년 『시문학』 8월호 「이설주 시인을 추모하면서」의 사진설명(1968년 시선집 『三十六年』의 출판기념회) 다음에, 이설주 시인은 "니혼대학(日本大學) 재학 중 사상범으로 체포되어 중퇴하고 만주로 가서 해방 전까지 만주 중국대륙을 방랑하다가 광복 후 귀국하여 교직에 있으면서 강한 현실참여적인 작품을 주로 썼다"고 되어 있다. 또 『방랑기』의 발문을 쓴 영화배우 겸 감독이었던 춘사(春史) 나운규(羅雲奎)도 20여 년의 세월을 만주 등지에서 방랑을 하고 돌아온 시인이라는 내용의 말을 했다. 시집의 발문을 영화인이 쓴 것은 희귀한 일이다. 춘사는 보통 영화인이 아니다. 일찍이 만주를 방랑하며 상방(喪邦)의 슬픔을 달래다가 독립군이 되어 민족을 위해 목숨을 바치려 했던 애국청년이었다. 춘사와 이설주와의 관계는 잘 모른다. 하지만 이설주가 훤칠한 키에 이목구비가 수려한 미남이고, 한때 영화를 찍으려 했다는 말(딸 이일향의 증언)을 참고로 할 때, 이 두 사람의 관계는 이런 쪽에서 남모르는 인연이 있지 않았을까 싶다. 이설주의 이력도 크게 보면 나운규와 닮았다.

1920년대 말의 민족정서의 한 상징이라 할 수 있는 영화「아리랑」은 나운규가 감독을 했고, 주연을 했다. 우리가 잘 알듯이 이 영화는 일인 앞잡이 지주가 농민을 수탈하고, 순진한 처녀까지 겁탈하려 하다가 주인공의 낫에 찔려 죽임을 당한다는 서사로 되어 있다.

이런 점에서 이설주의 『방랑기』의 발문을 쓴 나운규의 글은 이 시인의 시적 배경이 어떠하다는 것을 시사해주는 일이 될 뿐만 아니라, 이 시인이 그곳에서 어떤 성향의 인간이었던가도 객관적으로 증명해준다. 필자도 생전에 이런 말을 이시인으로부터 직접 들은 바 있다. 그러니까 「이주애」는 바로 시인 자신의 마도강 체험기가 바탕이 된 작품이다.

대구에는 해방 전까지 마도강에서 생활하다가 해방이 되면서 고향으로 돌아와 교직에 몸을 담은 또 한 사람의 특이 한 문인이 있다. 계성중학교에서 평생 동안 평교사로 국어를 가르친 김진수(金鎭壽, 간도에서의 이름은 김진태〔金鎭泰〕)가 그 사람이다. 필자는 25여 년 전 이 문인으로부터, 『만선일보』 문학콩쿠르에 당선한 그의 소설 「이민의 아들」 스크랩 일부를 기증받았고, 『재만조선시인집』 출판에 관한 당시의 사정도 들은 바 있다. 그 후 이 시집을 계명대학교 지하서고에서 폐기 직전에 찾아냄으로써 졸저 『한국문학과 간도』를 집필할 수 있는 계기를 얻었다. 이설주(11회)와 김진수(18회)는 대구고보의 선후배 관계이다.

구상(具常)은 이설주 시인을 추모하는 시에서 "고고한 삶이언만/인정이 자상하여//피난살이 문인들의/사랑방이 되어주고//그 전란 어려움 속에서도/합동시집 펴내셨네"라고 칭송했다. 합동시집이란 1953년 이설주·김용호가 편저자가 되어 대구의 문성당(文星堂)에서 발행한 『1953 연간시집』을 말한다.

이설주는 유복한 환경 덕분에 일본유학, 그러나 사상문제로 학교를 그만두고 조선천지 북만천지를 떠돌았다. 해방을 맞아 고향으로 돌아와서도 여전히 집안 사정이 좋아 시집을 쏟아낼 수 있었다. 해방이후 6·25동란 사이의 격랑기는 주로 부인이 경영하는 서점이 잘 되어 대구로 피난 온 문인들의 뒷바라지를 해주며, "그렇더라도 여전히" 문학을 놓지 않은 문인, 시 쓰는 것만으로 그 생애가 즐겁고 의미 있었던 사람이다. 필자는 1997년 2월경 동향의 고교 대선배인 이 시인을 찾았을 때 마침 이일향 시인이 아버지를 문안차 왔다. "아버지 잘 계셨어요"라는 인사에 이 노시인은 "그래 그간 작품 많이 썼나?"라고 대답하는 것을 목도했다. 가정부 한 사람만 데리고 사는 구순 노인에게서는 상상하기 어려운 문학에 대한 애정이라 놀랐다. 『방랑기』에 수록된 다른 작품 두 편을 더 천천히 읽어보자.

창망한 하늘 가에
구름이 자고 이는 오리동 마을

水車가 도는 외딴 오두막
물래 잣는 順伊야

비탈산 바람이 불어
저녁노을 비낀 여울에 꽃잎을 띄워

十年을 흘러간 오늘에도
우리는 열일곱 소년과 소녀이었나

이 밤 내 촛불을 돋우고
복숭아꽃 피는 마을로 돌아가리
　• 이설주, 「복숭아꽃 파는 마을」[29] 전문

바다가 사나우란다
쉬이 가자 물길을 마음의 새야
넘으면 보고픈 나 사는 마을

안개가 짙어오누나
길을 잃고 헤매는 마음의 새야
꿈에도 가고 픈 내 살던 마을

저녁달 물위에 잠긴
항구로 날아가는 마음의 새야
등불이 꺼지면 너도 울어라
　• 이설주, 「나 사는 마을」[30] 전문

　이 두 시의 화자는 청소년기의 환상과 아름다움을 잊지 못
하고 있다. 슬픈 사랑의 체험을 바탕으로 한 서정, 고향을 떠
난 나그네의 우수, 행복했던 소년기의 회상 등이 방랑과 유
랑의 모티프에 의해 굴절되고 있는 점이 그러하다. 「이주애」

와 동일한 북방적 정서가 압도한다.

유적의 땅에서 만난 북방파의 종국

1940년대에 이 땅에 사는 조선인은 자기의 땅에 살면서도 쫓겨난 신세였다. 유치환이 자작시 해설집 『구름에 그린다』에서 술회했듯이 질곡의 하늘 아래에서 설사 하루하루를 무사히 보낸다고 하더라도 점점 더 헤어날 수 없는 구렁으로 떨어지는 형국이었다. 그것은 축생과 같은 삶에 조금이라도 회의를 품는 사람이라면 자신의 인생에 희망을 건다든지 새로운 설계를 하는 것은 결과적으로 일제 앞에 자기를 노예로 자인하고 그들에게 개처럼 따르는 길이 되었기 때문이다. 그러므로 그 시절 조금이라도 자신의 뿌리와 장래를 생각하는 사람이라면 우리의 거의 전부를 강점한 자들에 대한 원한을 품지 않을 수 없었다. 그런 시절 마도강은 새로운 땅이기도 하고 유적지(流謫地)이기도 했다. 나라와 성씨와 이름을 내주었다는 죄의식, 또는 빼앗겼다는 분노로 가득 찬 사람, 그러면서도 모진 목숨을 끊지 못하고 새 삶을 도모해보려고 흘러온 사람들이 모인 공간이었기 때문이다.

무릇 적소(謫所)로 유배당한 사람들은 자신의 과거사가 그릇된 게 없다고 주장하며 분노를 참지 못하는 유형과, 다른 하나는 자신의 과거사를 생각하며 자학적 삶을 사는 유형, 또 하나는 거기 눌러앉아 새로운 삶을 꾸려가는 유형으로 대별된다.

마도강의 경우는 이 세 유형이 공존했던 공간이다. 독립군의 활동은 전자의 경우이고, 청마나 미당이 그 시절 그곳을 체험한 시에서 발견한 시의식은 두 번째의 경우라 할 수 있고,『만주시인집』이나『재만조선시인집』,『만선일보』문예란의 시에서는 대체적으로 세 번째의 경우를 발견한다. 필자는 이 세 그룹을 통칭하여 북방파(北方派)라 부르고 있다.[31]

첫 번째의 경우는 동북 항일군의 혁명군 박동국(朴東國)의 아내 안순복(安順福) 여전사의 이야기와 그를 기리는 다음과 같은 노래에서 그 전형적인 자취를 발견한다.

일찍이 남편을 따라 독립군에 가담했던 안순복이 남편이 전사하자 남편의 성을 따라 박아주머니가 되었고, 아들마저 일본군에게 목숨을 빼앗겼지만 다른 대원 7명과 함께 목단강을 건너다 신명을 민족에 바친다.

적현에 천란성이 드리워
봉화는 동북변계 불태우누나.
얼마나 많은 녀영웅들
룡천검 비껴 들고 외적 목 잘랐더냐!

강물 헤치고 산발 넘어 다녔나니

말 먹여 강물은 줄어들고

칼 갈아 산봉은 깎기였네

피못 이룬 세월이 흐를수록

백병전 겪어겪어 품은 뜻 철 같더라

보느냐 여덟 녀영웅

그 기개 장하여

구천을 치 뚫고 올라라

「국제가」를 높이 부르며

어엿이 사품치는 물속에 뛰어드네

적탄은 폭우마냥 쏟아져

피로 물든 강물 사납게 노호하거니

송백 절개 호연하여라

충혼은 천추로 길이 살아남아

저 일월과 함께 빛 나리라[32)]

　혁명가의 장렬한 죽음이 낭만적 파국으로 극화된 송가이
다. 이런 송시는 한국서사시에서 하나의 중요한 축을 형성하
고 있다. 여기서도 영웅의 장렬한 최후가 감동적으로 서사화
되는 품이 여타의 영웅서사시와 다르지 않다.

시인의 경우는 청마가 좋은 예이다. 그는 자신의 마도강행을 자학적 시각으로 술회한다.

憂患은 사자 身中의 벌레
自虐의 잔은 답즙같이 쓰도다
진실로 백일이 무슨 의미러뇨?
나는 非力하여 앉은 뱅이
一歷은 헛되이 목아지에 오욕의 연륜만 끼치고
남은 것은 오직 즘생같은 悲怒이어늘
말하라 그대 어떻게 오늘날을 晏如하느뇨?
　• 유치환, 「비력(非力)의 시(詩)」 전문

오욕의 연륜만 쌓으며 짐승같이 살아가는 자신이 한심하다는 자학적 시의식이 전편을 지배한다. 짐승 같은 비력(非力)의 인간이 그래도 하루하루를 편안하다고〔晏如〕 여김을 어떻게 설명해야 할지 모르겠다는 자문이 그러하다. 청마는 이런 자신의 상황을 기위 차단된 인생에 있어서 그래도 남겨진 목숨을 어떠한 한이 있더라도 반드시 회한이 남지 않도록 쓰려고 스스로 기약한 행동으로 술회했다.[33]

이 문제를 지금까지 논의의 중심축이 되었던 시인들, 즉 이용악 · 이수형 · 유치환 · 이서해 · 박팔양 · 이설주 등의 시에 대입했을 때는 어떠할까. 이들에게서도 동일한 반응으로 설명이 될까. 이 점을 이들의 대표작을 고찰한 후 그 위에 한 얼 生의 시세계와 그의 삶을 얹어서 살펴보려 한다. 동질성의 확인은 1930년대 말 입만(入滿) 시인들의 보편성의 발견이고, 이 보편성을 깔고 앉은 이질성이 곧 한 얼 生 시의 본질이 될 수 있기 때문이다.

①
長安을 나서서 북쪽가는 千里ㅅ길
아까시야 꽃 수슬에 꿀벌 엉기는
이 길을 떠나면 다시 오지 안하리니

속 눈섭 감실감실 사랑한 너야
이대로 고이 나는 너를 하직하려노니
뉘가 묻거들랑 울지말고 모른다 소

千里ㅅ길 너 생각에 하염없이 걷노라면
하늘도 따사로이 묏등도 따사로이
가며 가며 쉬어 쉬어 울 곳도 많어라
　• 유치환, 「의주(義州)ㅅ길」 전문

②
멀구 광주리의 풍속을 사랑하는 북쪽나라
말 다른 우리 고향
달맞이 노래를 들려주마

다리를 건너
아이야
네 애비와 나의 일터 저 푸른 언덕을 넘어
풀 냄새 깔앉은 대숲으로 들어가자

꿩의 전설이 늙어가는 옛성 그 성밖
우리집 지붕엔
박이 시름처럼 큰단다

구름이 히면 흰 구름은
북으로 북으로도 가리라
아이야
사랑으로 너를 안았으니
대잎사귀 새이새이로 먼 하늘을 내다보자

봉사꽃 유달리 고운 북쪽나라

우리는 어릴ㅅ적

해마다 잊지 않고 우물ㅅ가에 피웠다

하늘이 고히 물들었다

아이야 다시 돌다리를 건너 온 길을 돌아가자

　• 이용악, 「아이야 돌다리 위로 가자」[34] 일부

③

가을 밤이 깊어서 찬기운 몸에 스며드노니

一輪 半夜月이 밤 안개에 몽롱히 빛나다.

침침한 불빛을 흘리며 달려가는 馬車

꿈같이 닥어와선 종을 울리며 멀리 살어저 가!

(……)

초 일헤 푸른 달은 예언자의 우슴같은

푸른 빛발을 뿌리며 묵묵히 굽어 보도다.

넓은 曠原이여! 일즉이 피흘린자들의 葬地여.

弔喪하는 듯 悲愴한 얼굴이여! 반야월이여!

국경의 밤은 깊은대 잠은 어대로 갔나?

내 맘인 듯 울음먹음는 반야월이 내 얼굴에 우득서다.

　• 이서해, 「반야월」(半夜月)³⁵⁾ 일부

④

流浪하는 백성의 고달픈 魂을 싣고
밤車는 헐레벌떡거리며 달아난다.
도망군이 짐 싸가지고 솔밭길을 빠지듯
夜半 國境의 들길을 달리는 이 怪物이어!

車窓밖 하늘은 내 답답한 마음을 닮았느냐?
숨매킬 듯 가슴터질 듯 몹시도 캄캄하고나.
流浪의 집우에 고개 비스듬이 눕히고 생각한다.
오오 故鄕의 아름답던 꿈이 어디로 갔느냐?

비둘기집 비둘기장같이 오붓하던 내 동리,
그것은 지금 무엇이 되있는가?
車바퀴소리개 諧調맞혀 들리는 중에
히미하게 벌려지는 뒤숭숭한 꿈자리여!

北方 高原의 밤바람이 車窓을 흔든다.
(사람들은 모다 疲困히 잠들었는데)

이 寂寞한 訪問者여! 문 두드리지 마라.
의지할곳 없는 우리의 마음은 지금 울고 있다.

그러나 機關車는 夜暗을 뚫고 나가면서
『돌진! 돌진! 돌진!』 소리를 질른다.
아아 털끝만치라도 의롭게 할 일이 있느냐?
　• 박팔양, 「밤차」[36] 일부

⑤
숭가리 黃土물에 어름이 풀리우면
半島 南쪽 고깃배 실은 洛東江이 情이 들고

山마을에 黃昏이 밀려드는 저녁 답이면
호롱불 가물거리는 뚫어진 봉창이 서러웠다

소소리바람 불어 눈 날리는 거리를 길 잃은 손이 되어
몇마듸 주서모은 서투른 말에 姑娘이 웃고 가고

行商떼 드나드는 바쁜 나루에 물새가 울면
외짝 마음은 노상 故鄕하늘에 구름을 좇곤 했다
　• 이설주, 「방랑기」[37] 전문

우리와 친밀한 시인들 또는 오래전부터 우리와 함께 살아온 시인들의 작품, 이를테면 정지용의 「고향」, 윤동주의 「별 헤는 밤」, 박목월의 「나그네」, 김동환의 「봄이 오면」, 김춘수의 「꽃」 등. 우리는 이런 작품들을 통해 이런 시인들의 삶의 신비를 꿰뚫어 보고자 노력한다. 그러면 용하게도 그런 시의 의미가 시인의 삶과 연결되기도 한다. 그러니까 「별 헤는 밤」에서 우리는 윤동주의 실향체험이 바로 이 시의 의미임을 발견하고, 「봄이 오면」에서 모든 인간들의 본성인 낭만적 기질이 이 시인을 그토록 시적인 삶을 살게 했을 것이라 믿는다.

　　북방파 시인들의 위의 5개 작품에서 우리는 처음에는 동일한 것으로 보였던 체험의 정서가 시인 나름의 인생 드라마를 겪은 후, 다른 무엇과도 같지 않은 개성적인 표현에 도달하고, 마침내 다른 어떤 시도 대신할 수 없는, 같으면서 다른 시의식으로 형상화된 것을 보았다. 곧 북방파시의 정신적 가족정서를 발견하였다.

　　시 ①은 운명이 이 시인의 삶을 잔인하게 지배하자 시인은 그 운명을 치열한 삶의 의지로 바꾼다. 이 시의 화자는 자신이 태어난 곳의 풍경을 마음 속 깊이 지니고 험한 길을 떠난다. 그러나 그는 이 세상 아무런 장소와도 인연을 맺지 않은 미지의 공간에 속한 사람처럼 자유롭다. 천릿길을 너 생각으로 하염없이 걸어도, 하늘도 따사롭고, 묏등도 따사롭다고 하고 있기 때문이다. 그러나 그 밝음은 슬픔을 안으로 삼킨 소복한 과부가 짓는 순간의 웃음과 같다.

시 ②는 북방파 가족의 정서가 잠시 머물다 떠난다는 나그네의 그것처럼 몽환적이다. 이 시의 바탕은 엄혹한 현실, 그러나 시의 화자는 환한 얼굴을 하고 있다. 그리고 이별 속에서 나타나는 서정적 자아들의 도정(道程)을 반짝이는 눈빛으로 좇는다.

달맞이노래 · 푸른 언덕 · 풀냄새 · 구름 · 하늘……. 이런 어휘들은 낭만주의 시인들이 즐겨 사용하는 이미지들이다. 현실적으로는 꿈을 잃어버렸지만 꿈을 좇고자 하는 욕망이 시의식을 과거로 돌려버렸다. 그러나 시인은 그 과거를 아이를 부르는 장치로 전환시킴으로써 낭만적 밑그림을 그대로 유지시킨다. 인간영혼의 심원한 세계 속에는 상상력을 형성시키는 능력이 잠들어 있다. 시 ②의 경우에서도 상상력이 창조하는 이미지들이 바로 정신이 되고 삶이 되는 것을 발견한다. 가령 "아이야 다시 돌다리를 건너온 길을 돌아가자"라는 시구는 이 시의 북방지향의 엄혹한 현실을 환한 빛 속으로 끌어냄으로써 현실극복의 시의식을 구현한다. 이 시를 읽는 한 순간을 통해서 행복의 충일함을 맛볼 수 있기 때문이다. 이런 점에서 이 시는 북방정서의 낭만적 굴절이라 할 수 있고, 또 이런 점에서 이 시는 우리의 주목에 값한다.

시 ③, ④는 막연한 절망과 동경이 모티프가 된 감상성이 주조를 이룬다. 그러나 이 시의 감상성은 유행가 가사나 TV 연속극처럼 독자의 저속한 감상벽을 자극하여 한몫 보려는 저질의 정조가 아니라, 정서의 반응이 그 자극에 대하여 너무 과다하게 나타나는 그런 센티멘털(감상성)이다. 그렇다면 이런 정서다중의 원인은 어디에 있는가.

시 ③은 한밤중에 국경을 넘어야 하는 사건이고, 시 ④ 역시 밤기차를 타고 국경을 넘어야 하는 고달픈 신세 때문이다. 센티멘털은 그 반응을 정당화할 만한 상황으로 인해 나타난 정서과다 상태를 의미한다. 그래서 이것은 운문문학의 생명인 감동의 원인이 된다. 그러니까 긍정적 성격을 지닌다. 나라를 잃고 가두로 울며 헤매는 자의 노래가 이 두 시라고 보면 이 시의 감성은 불순한 정서, 저질의 감정이 아니다. 그 반대의 숭고한 정서이다.

모더니즘의 시는 센티멘털을 극히 경시한다. 대중연애시류를 제외하고 운문문학은 대체적으로 주지적 이성을 존중한다. 그러나 사춘기 소년·소녀의 감정과다와 대학입시철이 되면 허다하게 목도하는 모성의 희생적 반응처럼 조국애, 고토(故土)에 대한 애착을 함부로 센티멘털이라고 말하는 것은 잘못이다. 가령 2002 월드컵에서 해외 한국동포가 붉은 악마의 티셔츠를 입고 이국의 거리에서 보여준 행동을 센티멘털리즘 또는 감상적 동포애로 볼 수 없기 때문이다.

시 ③, ④가 쓰였던 시기 우국지사들은 망명의 길을 떠나면서 조국의 흙 한 줌을 품고 갔고, 그런 시절 백범 김구(金九)는 그의 일지에서 조국이 해방만 되면 정부청사의 수위가 되겠다고 말했다. 독립운동을 총지휘한 영웅이 한갓 문지기가 되겠다는 것은 분명히 정상을 뛰어넘는 정서의 과다분출이다. 그러나 한국의 어떤 사람도 백범의 그 반응을 감상과잉으로 받아들이지 않는다. 조국상실에서 오는 민족애가 그런 정서과잉으로 나타났기 때문이다. 시 ③, ④도 이런 정황에서 이해되어야 할 것이고, 그 정서 역시 시문학의 영원한 특성인 낭만적 비장미로 이해하는 것이 옳다.

시 ⑤는 식민지 시대 우리 시의 상실의식의 한 갈래이다. 주지하듯이 1920년대에서부터 나타나기 시작한 우리 시의 낙원 상실감은 존재 · 육친 · 연인 · 국가 · 고향 · 고토의 상실 등으로 형상화되었다. 시 ⑤는 고향을 떠나 떠돌이로 살아가는 인간의 낙원에의 노스탤지어가 낭만적 형식으로 나타난 예이다. 화자나 이를 서술하는 시인이 동일하게 고향상실자라는 점에서 이 시는 공간적 의미의 고향동경을 함의한다.

공간적 의미의 동경을 아놀드 하우저는 "고향에 대한 향수"(Heimweh)와 "먼 곳에 대한 향수"(Fernweh)라 했고,

노발리스는 "어디에나 있으며 아무데도 없는 고향적인 꿈"이라 했다. 시 ⑤의 경우는 어디에나 있는 고향이다. 숭가리, 송화강(松花江)의 황토물이 봄이 되어 풀리면, 이 시의 화자는 거기서 고향 낙동강의 봄을 느낀다. 이런 점이 이 시가 낭만주의와 관계를 맺게 되는 중요한 고리이다. 현재의 이곳이 아니라 먼 과거 어느 곳에 있었던 고향, 그러나 이제 굳이 찾아 나설 필요가 없다. 심리 깊은 곳의 동경으로 남아 수시로 위안을 받을 수 있기 때문이다. 이런 점에서 이 작품은 북방파시가 구현하고 있는 낭만적 성향을 가장 적절히 드러낸다.

우리는 이상에서 북방파 시가 그 종국에서 결과적으로 구현한 낭만적 성향을 고찰하였다. 시 ①, ②에서는 비극적 현실을 운명적인 것으로 인식하면서 그것을 초극하려는(시 ①) 시의식과 그것을 넘어서서 낭만적 성취를 이루는 것(시 ②)을 발견하였다. 한편 시 ③, ④에서는 그런 낭만적 파국이 조국의 발견으로 심화되는 시의식을 보았고, 시 ⑤에서는 고향상실의 소재를 통해 시상이 낭만적 보편성으로 확대되는 전형적인 시의식을 발견하였다.

낭만적 영혼과 조국
─흰빛과 그 확장된 비유

　이 글은 지금까지 한 얼 生 백기행의 시의 본질에 이르기 위해 1930년대 말과 1940년대 초에 큰 무리를 지었던 북방파 그룹에 대한 전반적인 고찰을 하였다. 이제 그런 예비 작업 끝에 다음과 같은 문제를 과제로 발견하였다.

　첫째, 한 얼 生의 북방시 13편에 공통적으로 나타나는 신화적 민족정서, 모태회귀의 장소애(場所愛, topophilia).

　둘째, 한 얼 生의 시를 관통하고 있는 이미지, '흰빛'의 알레고리(allegory)와 한 얼 生이라는 필명이 1940년대 마도강에서만 쓰인 문제.

　셋째, 한 얼 生의 시에 나타나는 산촌과 북향(北鄕)에 대한 그윽한 애착심, 그리고 비애감을 심화시킨 체관(諦觀)의 감각은 일본시의 영향에 의한[38] 어떤 굴절이 아닌가.

이 장에서는 한 얼 生의 입만(入滿) 이후의 작품이 중심이 된다. 유종호는 이 계열의 작품을 9편으로 잡았다. 그는 이 동순이 엮은 『백석시 전집』의 제3부를 이루고 있는 '북방에서'에 실린 14편 중 「산」, 「적막강산」, 「마을은 맨천 구신이 돼서」, 「칠월백중」은 "소재 상으로나 그 처리에 있어서나 국내 체류기에 쓴 작품과 친연성이 두드러진다"고 했다. 한편 「남신의주 유동 박시봉방」은 발표지인 『학풍』(學風) 편집후기에 "소설은 상섭(想涉)이 썼고, 시는 신석초(申石艸)와 백석(白石)의 해방 이후 신작(新作)을 얻었다"고 조풍연이 적고 있는 사실과 해방 직후 백석이 한때 신의주에 거주하다가 정주로 간 것을 근거로 북방 시편에서 제외했다.[39) 그 결과 남은 「수박씨, 호박씨」, 「북방에서 ─정현웅에게」, 「허준」(許俊), 「귀농」(歸農), 「국수」, 「흰 바람벽이 있어」, 「촌에서 온 아이」, 「조당(澡塘)에서」, 「두보나 이백같이」 9편을 순수 북방시편으로 잡았다.

그러나 필자는 이러한 견해에 대해 동의할 수 없다. 특히 「남신의주 유동 박시봉방」을 북방시편에서 제외한 것이 그러하다. 「남신의주 유동 박시봉방」은 1948년 10월에 창간된 『학풍』에 수록되었는데 이 시의 원고에는 한 얼 生의 절친한 친구 허준(許俊)이 광복 전부터 소장해온 것을 발표한다는 부기가 있는 작품이다.[40) 그런데 유종호는 조풍년의 편집후기를 기준으로 작품을 분류하고 있다.

　허준과 한 얼 生은 가까운 친구이다. 이것은 한 얼 生이 「허준」이라는 실명의 인물을 제목으로 쓴 시에서 직접적으로 드러나고, 허준의 중편소설 「잔등」(殘燈)에서 간접적으로 나타난다. 1946년 을유문화사에서 간행한 창작집 『잔등』[41]에 수록된 중편소설 「잔등」은 주인공 천(千)이 화가인 방과 함께 창춘(長春)에서 회령까지 오는 스무 하루의 귀국담이 내용으로 된 여로형 소설이다. 창춘은 한 얼 生이 살던 곳이고, 「허준」이라는 시를 썼던 곳이고, 정현웅에게 바치는 시 「북방에서」의 공간적 배경이 되는 곳이다. 주인공 1인칭 화자의 시점으로 사건을 서술하는 주인공 천은 물론 작가 자신일 것이고, 친구인 화가 방은 정현웅일 것이다. 한 얼 生, 정현웅, 허준 이 세 사람이 창춘에서 살다가 해방이 되자 허준과 정현웅이 먼저 귀국했고, 그때 한 얼 生은 자신의 작품을 같은 문인인 허준에게 주면서 서울에서의 발표를 부탁했을 것이다. 당시 한 얼 生은 신징(新京, 창춘(長春)의 새 이름) 세무서에 근무했으니 귀국이 자연 늦어질 수밖에 없었을 것이다. 그리고 『학풍』이 을유문화사에서 발행한 잡지인 것과 허준의 창작집 『잔등』이 이 출판사에서 간행된 점도 이런 사실에 강한 개연성을 부여한다.

　이 밖에 「남신의주 유동 박시봉방」은 다른 북방시편과 테마나 시적 발상 이미지 등에서 친연성이 두드러진다는 점에서 이 그룹의 시와 동일한 시기의 작품으로 분류한다. 이런 점은 이후 작품분석을 통하여 충분히 논의될 것이다.

유종호의 견해에 동의할 수 없는 또 다른 이유는 「국수」, 「촌에서 온 아이」 두 편의 시가 여타의 북방시편과는 연속성이나 친연성이 거의 나타나지 않기 때문이다. 이 두 작품은 주제·소재 면에서 오히려 이 시인의 초기 작품과 연속성을 가지고 있다. 「국수」는 「산숙」, 「개」, 「북신」과 같이 풍물이 소재로 채용되고 있다. "담배 내음새 탄수 내음새 또 수육을 삶는 육수국 내음새 자욱한 더북한 삿방 쩔쩔 끓는 아르궅을 좋아하는 이것은 무엇인가"로 묘사되는 「국수」는 「서행시초·2」로 묶인 초기의 대표작 「북신」(北新)과 그 발상이 다르지 않다. "국수집에서는 농짝 같은 도야지를 잡아 걸고 국수에 치는 도야지 고기는 돗바늘 같은 털이 드문 드문 백였다" 또는 "여인숙이라도 국수집이다"의 「산숙」(山宿)의 표현과 소재면에서 강한 친연성을 가지고 있다.

「촌에서 온 아이」도 이 시인이 「팔원」(八院)에서 보여주는 북방적 서정시와 톤이 유사하다. "차디찬 아침인데/묘향산 승합 자동차는 텅하니 비어서/나이 어린 계집아이 하나가 오른다/옛말 속 같이 진진초록 새 저고리를 입고/손잔등이 밭고랑처럼 몹시도 터졌다"는 스타일은 "촌에서 온 아이여/

촌에서 어제밤에 승합 자동차를 타고 온 아이여/이렇게 추운 데 웃동에……"라는 시행과 거의 같다. 특히 '승합 자동차'라는 소재나 시간적 배경이 겨울인 점, 시의 화자가 아이로 된 것 등이 하나도 다르지 않다.

이렇게 볼 때 유종호가 나눈 9편 중 「국수」와 「촌에서 온 아이」는 오히려 서행시초 계열에 속하는 작품이다. 서행시초 란 어떤 것인가. 평안도 정주가 고향인 한 얼 生으로 보면 서 행은 다름 아닌 함경도 행이고, 함경도 행은 곧 북행의 시작 이 된다. 「백화」(白樺), 「산숙」에 보이던 북행길의 신산함이 서행시초 4편과 「안동」, 「함남도안」(咸南道安)에 와서 만난 다. 문제를 이렇게 따지고 보니 유종호식 북방시편은 7편이 된다. 그러나 필자는 여기에 「고독」(孤獨), 「설의」(雪衣), 「고려묘자」(高麗墓子, 써우리무―스), 「아까시야」 4편을 추 가한다. 이 4편의 시는 모두 1940년에 『만선일보』에 발표된 작품이다. 「고독」은 1940년 7월 14일, 「설의」는 1940년 7월 24일, 「고려묘자」는 1940년 8월 7일, 「아까시야」는 1940년 11월 21일이다. 앞의 세 작품은 이미 1996년 졸저 『일제강점 기 만주조선인문학 연구』에서 소개했고, 「아까시야」는 최근 이 시인의 유일한 평론 「슬픔과 진실 ― 여수(麗水) 박팔양씨 (朴八陽氏) 시초(詩抄) 독후감」과 함께 새로 찾아내었다.

그런데 제1장에서 언급했듯이 『만선일보』에 발표한 시 네

편의 경우 그 필자명이 모두 '한 얼 生'으로 되어 있다. 「슬픔과 진실」이라는 평문에서는 '백석'인데, 시에서는 다른 이름 '한 얼 生'을 쓰고 있다. '한얼'이란 한국의 얼, 한국의 얼을 이어받고 탄생한 존재, 한국의 정신이라는 뜻이 아니겠는가. 예사 이름이 아니다. 북만까지 피해간 조선인도 창씨개명을 해야 할 시간에 '한국의 얼'이라는 새 이름을 지은 시인의 뜻이 무엇일까. 군이 설명이 필요 없을 것이다. 독립군의 기개를 지닌 시인이란 의미가 아니겠는가. 일본 동양지배의 상징인 만주국 국무원 경제부에 근무하면서 (『만선일보』 2282호 학예좌담란 참석자 소개) '가장 조선적인 시를 쓰는' 자신을 감추기 위한 전략이 아니었을까. 현실과 정신의 완전한 대립, 자신의 현실에서 일어나고 있는 모순된 삶, 그러나 정신은 독립군을 닮아 있는 사실을 숨겨야 하는 철저한 현실수용적 행위의 결과가 아닐까.

필자가 '백석'이라는 널리 알려진 이름을 두고 '한 얼 生'이라는 이름으로 이 시인의 문학과 삶을 고찰하는 것도 이런 점 때문이다. 그리고 만주·간도라는 익숙한 지명의 사용을 피하고, 군이 마도강이라는 이름을 쓰는 것도 이런 시의식을 정신사의 축으로 삼아야 하는 명제 때문이다. 따라서 이 평전적 글쓰기가 '한 얼 生=백석'이라는 문제의 상당한 비약을 인정하면서도 친연성과 개연성을 다소 무리하게 찾아 이렇게 전개하여 최종적으로 도달하려는 목표도 여기에 있다.

이런 점에서 한 얼 生의 순수 북방시편 규정은 중요하다. 결론적으로 한 얼 生의 북방시는 '산중음'(山中吟) 4편과 '서행시초' 4편, 이후 발표된 7편, '한 얼 生'이라는 이름으로 발표된 4편, 그리고 「남신의주 유동 박시봉방」, 「안동」(安東)을 포함시킨 13편이다.

「안동」은 신징에서 쓴 작품인지 아닌지 서지적 연보는 불분명하지만 '안동'이 신의주 건너의 지금의 '단둥'(丹東)의 옛 이름이니 북방시편에 넣어 함께 이 시인의 의식을 고찰함이 옳다.

필자가 이 문제를 이렇게 챙기는 것은 한 얼 生의 시적 성취가 이 북방시편에 와서 절정을 이루고 있다는 가설 때문이고, 그것이 또한 1940년대 초, 민족문학의 한 정점이 된다고 믿기 때문이다.

지금까지의 논의는 사실 이 문제에 도달하기 위한 긴 탐색의 과정이라고 해야 할 것이다. 그러면 먼저 '산중음', '서행시초' 형태로 나타난 시를 중심으로 그 낭만적 시인의 영혼이 드디어 조국과 겨레의 문제로 굴절된다는 가설을 논증해 보자.

백의 민중적 민족정서와 장소애

①

산골집은 대들보도 기둥도 문살도 자작나무다

밤이면 캥캥 여우가 우는 山도 자작나무다

그 맛있는 모밀국수를 삶는 장작도 자작나무다

그리고 甘露같이 단샘이 솟는 박우물도 자작나무다

산 넘어는 평안도 땅도 뵈인다는 이 산골은 온통 자작나
무다.

　•「백화―산중음 · 4」 전문

②

旅人宿이라도 국수집이다

모밀가루포대가 그득하니 쌓인 웃간은 들믄들믄 더웁기
도하다.

나는 낡은 국수분틀과 그그런히 나가누어서

구석에 데굴데굴하는 木枕들을 베여보며

이 山골에 들어와서 이 木枕들에 새까마니 때를 올리고
간 사람들을 생각한다

그 사람들의 얼골과 生業과 마음들을 생각해 본다

　•「산숙―산중음 · 1」 전문

③

차디찬 아침인데

妙香山行 乘合自動車는 텅하니 비어서

나이 어린 계집아이 하나가 오른다

옛말속 가치 진진초록 새 저고리를 입고

손잔등이 밧고랑처럼 몹시도 터젓다

계집아이는 慈城으로 간다고 하는데

慈城은 예서 三百五十里 妙香山 百五十里

妙香山 어디메서 삼촌이 산다고 한다

새하얗게 얼은 自動車 유리창 박게

內地人 駐在所長 가튼 어른과 어린아이들이 내임을 낸다

계집아이는 운다 느끼며 운다

텅 비인 車안 한구석에서 어느 한사람도 눈을 씻는다

계집아이는 몃해고 內地人 駐在所長집에서

밥을 짓고 걸레를 치고 아이보개를 하면서

이러케 추운 아침에도 손이 꽁꽁 얼어서

찬물에 걸레를 칫슬 것이다

　•「팔원 ― 서행시초 · 3」전문

　시 ①, ②는 1938년 3월에 발표된 작품이고 시 ③은 1939
년 11월에 발표된 작품이다. 시 ①, ②는 「산중음 · 4」, 「산중음·1」이라는 부제가 붙어 있고, 시 ③은 「서행시초·3」이다. 시 ①, ②는 평안도가 보이는 산중이고, 시 ③은 자성(慈城), 묘향산행 승합차 정류소이다. 시 ①, ②의 화자는 정적인 상태인데 시 ③은 동적 상태, 여행시이다.

우리는 이러한 사실에서 한 얼 生이 많은 갈등 속에 고토(古土)를 떠나 이역만리로 유랑을 시작하고 있음을 알 수 있다. 「산중음·4」 작품의 끝을 잇는, 「서행시초·4」 작품이 이것을 말해준다. 그리고 우리는 이 8편의 시에서 이 시인의 낭만적 영혼과 민족의식이 마침내 한 마리 산제비가 되어 준령을 오르는 것을 본다. 이런 점은 제2장 3절에서 다룬 여러 시인들의 성향과 같다. 그러나 반응의 결과는 다르다. 인용된 시 3편을 통해 그 행방을 가늠해보자.

시 ①은 이상세계, 현실과 격리된 낙원에 대한 친화감 또는 현실일탈의 공간이다. 체념이라기보다 자연의 섭리에 의해 조종된 인간의 고독이 자작나무라는 존재에 의해 해소된다. 자작나무는 맛있는 메밀국수도 삶고, 감로수를 솟아나게도 한다. 자연과 인간의 합일, 그래서 인간은 혼자가 아니다. 그런데 여기서 '자작나무'는 어떤 다른 울림으로 다가서는 느낌을 받는다. 자작나무는 나무줄기가 흰빛을 띠고 있는 한대성 갈잎큰키나무인데 이 빛으로 인해 백단(白椴), 백화(白

樺)라는 다른 이름이 있다. 평북 함경남북도 북방지대에 많이 서식하는 이 나무가 이 시에서는 단순히 흰 빛깔의 나무로만 해석되지 않는다. 민족적 정서를 함의하는 알레고리로 전이된다. 흰빛의 반복, 곧 자작나무는 자작나무끼리 모여 살면서 등 너머 평안도 땅도 본다는 의미에 와서는 민족적 정서를 환기하는 이중적 의미로 이미지가 굴절되기 때문이다. 그리고 그것이 종국에는 백의민족의 그것과 오버랩된다. 그러면서 이 빛은 이 시인의 작품 도처에 박혀 있는 흰 이미지와 접속된다.

시 ②는 한 얼 生의 북방시편의 다른 줄기를 여는 작품이다. 우리는 1948년 『학풍』에 발표된 「남신의주 유동 박시봉방」을 이미 잘 알고 있다. 특히 다음과 같은 구절, "나는 어느 목수(木手)네 집 헌 삿을 깐/한 방에 들어서 쥔을 붙이었다/이리하여 나는 이 습내나는 춥고, 누긋한 방에서/낮이나 밤이나 나는 나 혼자도 너무 많은 것같이 생각하며"는 시 ②의 "구석에 데굴데굴하는 목침(木枕)들을 베여보며/이 산골에 들어와서 이 목침들에 새까마니 때를 올리고 간 사람들을 생각한다"와 바로 연결된다. 시 ①에 나타나던 자작나무 흰빛의 이미지, 백의민족 정서가 여기서는 식민지 피지배민의 흘러다니는 삶으로 자리 잡는다. 비교적 초기작에 속하는 「여승」(女僧), 「성외」(城外)와 같은 작품에서 간혹 배경으로 나타나던 식민지 상황이 빚어낸 망국민의 가혹한 슬픔이 드디어 한 얼 生 특유의 개성적 스타일로 옮겨가고 있다. 이 시기 어느 시인에게서도 발견할 수 없는 특성이다.

시 ③은 시 ①, ②의 배음(背音)으로만 깔리던 민족의식이 잘 형상화된 작품이다. 일본인 주재소장과 그 집에서 식모살이를 하던 나이 어린 조선인 소녀의 대응, 손등이 밭고랑처럼 몹시 터진 계집아이의 울음과 승합차 한 구석에서 그 모습을 보며 함께 눈물을 훔치는 화자, 이 시는 이런 유기적 구조에 의해 민족의 비애를 예각화시킨다. 한 얼 生의 시가 대부분 그러하듯이 이 시의 화자도 객관적 자세에서 대상을 서사화함으로써 독자감동에 효과를 주고 있다.

한편 우리는 이 시를 읽으면서 '북방정서'라는 것에 대하여 다시 한 번 생각하게 된다. '묘향산, 묘향산 백오십리'와 같은 지명에서 아득한 고토(古土)의 분위기를 감지하기 때문이다. 뿐만 아니라 일본인 주재소장 집에서 밥을 짓고 걸레를 치고 아이보개를 하다가 묘향산 어디에 사는 삼촌을 찾아가는 이 망가진 가족의 후일담에서 우리는 가족구조가 무너져내리고 삶의 터전이 공동화(空洞化)되던 민족소멸의 역사적 현장을 목도한다. 단군이 신시를 폈다는 묘향산으로 피붙이를 찾아가는 행로, 이것 또한 북방배경의 시에서만 가능하지 않은가. 한 얼 生은 이것을 북방식 표현으로 성육화시

컸다. "옛 말속 가치 진진초록 새 저고리를 입고", "내임을 낸다", "걸레를 치고 아이보개를 하면서"와 같은 순수 우리 말의 구사가 이런 논리와 아귀가 맞는다.

자성(慈城)은 자성군의 중심지이다. 자성군은 평안북도 최북단에 자리 잡은 땅인데 그 북쪽과 서쪽은 압록강을 건너 마도강의 통화현을 마주 바라본다. 또한 자성은 압록강 상류의 벽지로 산악이 중첩되어 자강고원을 형성하고, 이 고원이 요동방향으로 뻗어 강남산맥을 이룬다. 압록강·자성강이 여기서 발원하고, 우리가 "만포진 구불구불……"하는 흘러간 유행가에서나 듣는 만포진, 제일 춥다는 중강진도 이 자성군에 속한다. 그런데 우리는 분단 50년이 되면서 국토의 최북단이 어느새 백령도 화진포 근처처럼 가깝고도 먼 땅이 되고 말았고, 이런 지명 또한 잊혀진 지 오래이다. 하지만 한 얼 生의 시는 이런 잊혀진 산하, 두고 온 그런 고토를 한 토막의 스크린처럼 감동적이고 선명한 톤으로 재생시킨다. 이른바 장소애의 재현이다. 우리가 북쪽의 고향과 그 풍물을 노래하는 한 얼 生의 시를 읽어야 하는 이유는 이러한 장소 애와도 연관된다. 그것은 한 얼 生의 시가 반세기 이전에 쓰였지만, 그 의식은 서정의 단순한 발현이 아니고, 민족의 정체성을 회복할 감성을 자극하며, 두 쪽으로 동강난 땅을 하나로 회복시키는 효과도 수행하기 때문이다. 우리는 그의 시를 통해 잊힌 말·풍물·민속·지명을 발견하고 그를 통해 풍부한 북방에서의 삶의 실체를 다시 포착하는 정서를 감지한다.

오리치를 놓으려 아배는 논으로 날여간지오래다
오리는 동비탈에 그림자를 떨어트리며 날아가고 나는 동말랭이에서 강아지처럼 아배를 부르며 울다가
시악이 나서는 등 뒤 개울물에 아배의 신짝과 버선목과 대님오리를 모다 던저 벌인다

장날 아츰에 앞 행길로 엄지딸어지나가는 망아지를내라고 나는 조르면
아배는 행길을 향해서 크다란 소리로
—매지야 오나라
—매지야 오나라

새하러가는아배의지게에치워 나는산으로가며 토끼를잡으리라고생각한다 맞구멍 난 토끼굴을 아배와 내가 막어서면 언제나토끼새끼는 내다리 아레로달어났다
나는 서글퍼서 서글퍼서 울상을한다
• 「오리 망아지 토끼」 전문

이 시에 쓰인 말은 모두 순 우리말인데 지금은 거의 쓰이지 않는다. 평안도 사투리로 지역적 정서를 풍부하게 지니고 있을 텐데 이제는 사전에도 나타나지 않는다. 북방에서의 삶의 현장성이 생생하게 살아 있는 말들이 사라져버렸다.

한 시인에게는 그 시인을 대표하는 시, 대표작이 있기 마련이다. 인위적으로 대표작을 뽑는 것이 아니라, 한 시인의 문학적 성취도나 작품세계를 압축하고 표상하는 시가 자연스럽게 선택되어 대표작이 정해진다. 한 얼 生 백기행의 경우 1987년 이전은 소수의 전문가를 제외하고는 거의 그 이름마저 생소했다. 이동순의 『백석시 전집』이 간행되면서 그의 시 세계가 일반 독자에게 드러났고, 송준에 의해 전모가 밝혀지다시피 되었다. 김자야의 『내사랑 백석』에 의해 대중적 인지도가 높아졌다. 이런 과정 끝에 문학적 성과며 시사적 위치 등이 아주 활발하게 논의되기 시작했다.

이러한 사실 이전에는 1961년 『현대문학』에서 이 시인의 「남신의주 유동 박시봉방」을 한국적 페시미즘의 절창[42]이라 했던 유종호의 고평(高評)이 있었을 뿐이다. 그러나 이후 이 시인에게는 늘 페시미즘적 운명론이 따라다님으로써 이 시인의 시를 통해 고향과 민족의 존재를 검출하는 데 문제가 있는 사단을 만들었다.

1940년 7월 『문장』에 발표한 「북방에서」는 표면적으로는

장소애를 노래하고 있지만 이면적으로는 민족사적 상상력과
연관된 시의식이라는 점에서 대표작이라 할 만한 작품이다.
먼저 이 시의 전문을 꼼꼼히 읽어보고 그것이 어째서 그러한
지 따져보자.

아득한 넷날에 나는 떠났다.
扶餘를 肅愼을 渤海를 女眞을 遼를 金을
興安嶺을 陰山을 아무우르를 숭가리를
범과 사슴과 너구리를 배반하고
송어와 메기와 개구리를 속이고 나는 떠났다

나는 그 때
자작나무와 이깔나무의 슬퍼하는 것을 기억한다
갈대와 장풍의 붙드든 말도 잊지 않았다
오로촌이 멧돌을 잡어 나를 잔치해 보내든 것도
쏠론이 십리길을 따러나와 울든 것도 잊지 않었다

나는 그때
아모 익이지 못할 슬픔도 시름도 없이
다만 게을리 먼 앞대로 떠나 나왔다
그리하여 따사한 해ㅅ귀에서 하이얀 옷을 입고 매끄러

운 밥을 먹고 단샘을 마시고 낮잠을 잤다

밤에는 먼 개소리에 놀라나고

아츰에는 지나가는 사람마다에게 절을 하면서도

나는 나의 부끄러움을 알지 못했다

그 동안 돌비는 깨어지고 많은 은금보화는 땅에 묻히고

가마귀도 긴 족보를 이루었는데

이리하야 또 한 아득한 새 녯날이 비롯하는 때

이제는 참으로 익이지 못할 슬픔과 시름에 쫓겨

나는 나의 녯 한울로 땅으로―나의 胎盤으로 돌아왔으나

이미 해는 늙고 달은 파리하고 바람은 미치고 보래구름

만 혼자 넋없이 떠도는데

아 나의 조상은 형제는 일가친척은 정다운 이웃은 그리

운 것은 사랑하는 것은 우럴으는 것은 나의 자랑은 나의

힘은 없다 바람과 물과 세월과 같이 지나가고 없다.

• 「북방에서」 전문

이 시는 주제 · 형식 · 이미지에서 북방시의 한 정점에 서

있다. 우선 이 시의 주제가 그러하다.

제1연은 건국신화, 즉 중국 동북부의 거대한 대지로부터 시작된 우리겨레의 역사가 서사체로 진술되고 있다. 발해·고구려로 이어지는 민족사의 큰 흐름이 흥안령과 흑룡강(아무르)과 송화강(숭가리)을 거쳐 이곳에 이르렀다는 내력이다.

　제2연은 우리민족의 건국신화에 나타나는 애니미즘·토테미즘 등의 원시종교 사상이 함의되어 있다. 자작나무·이깔나무·갈대 같은 식물의 영혼을 인정함은 애니미즘의 그 정령사상이고, 이런 식물이 슬퍼하고 붙들었다는 것은 민족의 선조를 동식물이라고 생각하는 그 토테미즘이다. 이런 제신사상은 우리의 국조신화인 단군신화에 그대로 나타나며 지금도 그런 기록을 『삼국유사』와 『제왕운기』 등에서 언제든지 대할 수 있다. 앞항의 시 ③과 테마가 유사하지만 시상의 깊이가 상당히 다르다.

　제3연은 아득한 옛날 우리 민족이 남진하며 맺었던 타민족과의 선린외교(善隣外交)가 백의민족의 탄생신화로 재생되는 대목이다. 제2연의 오로촌(Orochon)은 북퉁구스 계통의 부족으로 소흥안령에 살고, 쏠론(Solon)은 남방퉁구스 일파로 아무르강 남방에 분포되어 있는데 우리 민족은 그런 부족에게 멧돼지 고기 대접을 받으며[43] 한가하게 남진을 했단다.

"하이얀 옷"을 입고, "매끄러운 밥"을 먹고, "단샘"의 물을 마시며 떠나와 이 한반도에 정착한 신화의 패러디(parody)이다. 그러나 늘 한가롭고, 유복했던 것만은 아니다. 때로는 개 짖는 소리에 잠을 설치던 밤도 있었고, 그런 밤을 지새운 아침이면 밤손님이 길을 떠날 때 머리를 숙여야 하는 욕례도 치러야 했다. 이렇게 이 시는 백의민족이 아득한 옛날 나라를 세우면서 겪어야 했던 수난과 오욕의 민족사를 상징적으로 압축하고 있다. 하지만 이 연의 마지막이 미래지향적 시상으로 끝나고 있음에 우리는 주목해야 한다.

　"나는 나의 부끄러움을 알지 못했다"는 대목이 그런 문제를 내포하고 있는데, 이 '못했다'는 부정적 단정은 "따사한 해ㅅ귀에서 하이얀 옷을 입고 매끄러운 밥을 먹고 단샘을 마시고 낮잠을 잤다"는 문장과 걸린다. 곧 이 구절은 낮잠을 잘 수 있는 평화를 위해 번문욕례를 마다하지 않은 것이 된다. 우리는 이 시의 이런 해석이 결코 텍스트의 주변적 정황론으로 이루어진 것이 아님을 깨달아야 한다. 이 시가 발표된 1940년이란 시점이 우리에게는 영토도 없고, 주권도 없고, 민족만 남은 시간이기 때문이다. 민족사로 보면 가장 치욕스런 수모를 당할 대로 당했으니 이제는 어쨌든 살아남아야 한다는 존재론적 반응, 청마가 「광야에서」 외쳤던 바로 그 비인간주의적 윤리의 다른 표현이다. 또한 그런 세계를 향해 토설하는 인간적 세계에 대한 향수다.

이 시는 처음부터 시의 화자 '나'의 의도적 혼용을 통해서 민족사와 개인사를 아우르고 있고, 그런 겨레와 시인의 동일화를 통해 박력과 참신성을 획득하고 있다.[44] 따라서 부끄러움을 모른다고 한 것은 시인의 의도이다. 그만큼 이 시는 시대상황과 밀착되어 있다. 필자가 이 시를 서정시가 아닌 서사시적 관점에서 접근한 이유가 이런 점 때문이다.

제4연과 제5연은 제3연의 이런 의도의 결과가 드디어 도달하게 된 상황이다. 태반회귀, 모성회귀, 고토회귀로 다시 옛날의 안일과 평화와 행복을 찾으려 한다. 그러나 이미 때가 지났다. 해도 늙고, 달도 파리하게 지고 있고, 보래구름만 떠돈다. 제5연은 이렇게 기울어버린 '나'의 신세가 어디하나 기댈 곳 없음을 자탄한다. 태반의 상실에서 오는 깊은 비애의 탄주이다.

제6연 역시 모두가 떠나버린 텅 빈 공간에 대한 진술이다. 1, 2, 3연에 나타나던 상승적 시상이 4, 5연을 거치면서 하강하다가 제6연에 와서는 비통한 현실로 바뀌고 말았다. 산천초목과 짐승과 타부족의 축복을 받으며 탄생한 우리 겨레가 그 생래적 평화주의로 살아남았는데 그 끝이 텅 빈 삶으로 되어버렸다. 앞항의 시 ③「팔원」과 같은 발상이다. "이기지 못할 슬픔과 시름에 쫓겨" 민족의 시원인 고토로 돌아왔는데 그 땅에는 이미 형제며 일가친척이며 정다운 이웃은 떠나고 바람만 미친 듯이 불고 있다. 한 민족의 역사가 몇 개의 시행으로 집약되다가 이렇게 반전의 비극으로 끝나버린다. 매듭 많던 민족의 역사가 이렇게 응축되면서 1940년대란 한 시대를 증언한다. 문학의식과 역사의식의 이중적 수행이다. 그 시대의 문단 분위기로 보면 하나의 경이라고 할 수밖에 없는 알레고리적 수법의 탁월한 구현이다. 누구나 한 얼 生의 시를 민족문학적 시각에서 접근함은 이 시인의 이런 점 때문이 아닐까.

이 시의 이런 내포(connotation)는 민족의 운명과 직결되어 있는 이야기시라는 점에서 그 서사적 성격이 한층 확대된다. 우선 드러나는 점이 시적 자아 '나'가 겨레와 동일화를 이루면서 민족의 탄생신화를 이야기하는 점이다. 내용과 상응되는 형식이다.

북방에서의 공간적 배경은 아주 광대하다. 중국의 동북삼성을 무대로 홍안령 · 흑룡강 · 송화강을 가로지르며 남진했던 우리민족의 탄생신화를 소재로 한 것이 그러하다. 전술했듯이 이 작품의 배경에는 애니미즘 · 토테미즘의 초자연적 성격을 지닌 신화적 요소가 깔려 있다. 이런 특성은 국조신화인 단군신화나 고구려의 건국신화와 유사하다는 말도 앞에서 했다. 이런 겨레의 운명과 심각한 주제를 문제 삼고 있다는 점에서 이 시는 '북방에서'라는 큰 제목에 값한다. 이런 점 역시 내용과 형식이 상응된다. 그 결과 낭만적 영혼이 제 값을 받았다.

이 작품을 북방시의 한 정점으로 평가할 수 있는 또 다른 결정적 요소는 이 시의 한 가운데에 자리 잡고 있는 이미지 '흰빛'이다. "그리하여 따사한 햇ㅅ귀에서 하이얀 옷을 입고 매끄러운 밥을 먹고 단샘을 마시고 낮잠을 잤다." 백의민족 탄생신화를 행복한 자기 동일시로 미래를 암시하는 대목이다. 백의민족은 신산고초의 삶을 살아온 이미지로 나타나는 것이 일반적이다. 그러나 이 장구(章句)에서는 그걸 뛰어넘으려는 이중적 전략이 있다. 그것은 '북방'이란 어휘가 '만주'라는 일제에 의해 강요된 지명이름보다 우리에게 민족사적 상상력과 연관되는 장소애를 더 절실하게 환기하고, 나아가 이 다른 것을 말하는 듯한 확장된 비유로 시적 깊이를 더 다지는 수법이다. 이를테면 "나는 문득 가슴에 뜨거운 것을 느끼며/소수림왕을 생각한다"고 표현한 시의식이 그러하다. 이런 시적 진실은 한 얼 生 시의 본질을 형성하기에 별도의 항으로 논의를 개진하는 것이 마땅하다. 그래서 다음 항이 별도로 마련되었다.

신성한 초월성, 그 흰빛의 경건과 '한 얼 生'

한 얼 生의 1940년대 전후의 시 세계는 흰빛의 색대(色帶)
가 앞뒤를 묶고 있다.

아카시아들이 언제 흰두레 방석을 깔었나
어디로부터 물쿤 개비린내가 온다.
　•「비」 전문

서리에 傷해 떨어진 제 입사귀로 발치를 묏고 쉴새 업시
찬 바람을 吐해 내는 蒼空과마주처 죽은듯이 우뚝 선 아짜
시야
아무런 假飾도 虛勢도 쑤미지안은 검은몸이로다그러나 몸
에긋거니 武裝하기를 게을리아니하고 가슴패기 노란 누룹치
기 멋마리 날러와가지에 머므르고 少女갓흔 맵시로 哀憐한
목소리 내여 씩– 씩– 울지만그는 오직 바위갓치 鈍感하다.
　旣往 萬年을 足히살어왔고
· 將次 億年을!
　將次 億年을 더 살리라는듯
　둔덕위의 錚錚한 아짜시야 한그루 時空을 헤집고 그한복
판에서서 生과 歷史를오늘도 어제도 諦念하다
　•「아짜시야」 전문

전문 2행으로 된「비」는 1935년 8월 이 시인이 데뷔한 두 달 후인 11월『조광』지에 발표한 시이고,「아까시야」는 5년 후인 1940년 11월에『만선일보』에 발표한 시이다. 공교롭게도 두 시는 다같이 '아까시야'가 제재이고 아카시아가 피는 철이 아닌 11월에 발표되고 읽혔다.

　「비」는 간결한 서정시이다.「아까시야」도 선명한 이미지를 통해 시의 감각성을 높이고 있는 점은 같다. 이 두 시는 이미지 면에서 색채감각어가 매우 두드러지게 나타난다. 흰두레방석·창공·검은 몸·노란 누룹치기 등의 어휘가 모두 그러하다. 그리고 시 두 편을 지배하는 색채는 흰빛이다. 아카시아 꽃의 이미지 때문이다.

　아카시아의 의미를 상징어 사전에 의해 해석하면 "흰빛 꽃을 피우는 이 관목은 그 이중적 색깔과 아주 신비한 백적(白赤)의 색으로 인해 일찍이 이집트인에 의해 신성한 존재"로 해석되었다. 그리고 "인간이 그 영원한 재생을 위해서 어떻게 죽어야 하는가를 알리는 꽃"으로 풀이된다.[45]

　위의 두 시의 경우의 '아카시아'는 인간이 영원한 재생을 위해 어떻게 살다가 죽어야 하는가라는 문제와 걸린다. 어떤 대상에 색채를 부여함으로써 더 선명한 감각을 불러일으키는 모더니즘적 서정시의 일반화된 기법이 아니다. 특히「아까시야」가 그렇다. 주지하는 바와 같이 흰빛은 백의민족을 상징하는 색이다. 우리가 백의민족이라는 말을 즐겨 쓰며 자랑하는 이유는 이 색이 순결과 결백, 삶의 원초적인 낙원 상태, 고초를 겪고 살아남은 신비한 역사성을 표상하는 까닭이다.

색의 상징에 일찍이 눈을 뜬 민족은 이집트인이었다. 그들은 붉은 색은 불과 사랑, 녹색은 희망과 혼의 재생, 청색은 지혜와 공기를 의미하는 것으로 생각했다. 이러한 색의 상징이 서양의 각 종교계에서는 다양하게 적용되었다가 12세기경에 와서 그리스도교가 색의 표상기준을 마련함으로써 상징체계가 잡혔다고 한다. 그 기준에 의하면 흰색은 환희·결백·승리·영광·불사(不死)를 상징한다. 그래서 혼례 때나 사제가 주제하는 제식에 이 빛깔이 많이 쓰였다. 성스러운 의미로 해석되었기 때문이다.[46] 이때 흰색의 상징성이 굳혀진 셈이다.

색에 대한 이러한 감각은 동양에서도 유사한 반응으로 나타났다. 중국의 경우 황색은 황제색이다. 그래서 황궁은 황색의 기와로 지붕을 했고, 내부도 황색 금박으로 치장했다. 따라서 황색의 집은 아무나 짓지 못했는데, 이런 문화 풍습은 아직도 남아 있다.

우리나라의 경우도 사정은 비슷하여 색상(色相)은 사람의 지위와 계급에 따라 달리했다. 의복의 경우 왕의 옷은 자색 비단에 금빛 수를 놓았고, 벼슬아치는 지위에 따라 자색·녹색 등으로 구분했다. 벼슬이 없는 서민은 모두 흰옷을 입었다. 백의민족 의미가 생활에서 구체성을 띠기 시작한 것은 여기서부터이다.

광학(光學) 이론으로 보면 흰색은 무채색이다. 그러나 심리적으로는 색채의 자리가 분명하다. 백의의 천사·백두산·백마·백구·백설·백운 등. 이런 어휘는 그 상징성이 이미 굳어졌다. 아름다움·순결·깨끗함·숭고함·신비 등으로 누구나 이 말의 의미를 받아들인다.

류스켈(Lüscher)이라는 광학이론가는 색깔 테스트(color test)에서 흰색을 검은색과 비교하면서 검은색은 '부정'이고, 흰색은 '긍정'이며, 검은색이 종말의 Z라면 흰색은 시작을 의미하는 A이고, 잡물이 섞이지 않은 무구(無垢)라고 했다.

흰색의 이미지, 자연에서 발견한 이 최초의 색깔에서부터 인간은 그 심리를 실어왔다. 태초에 인간의 마음을 지배한 빛은 낮과 밤이었다. 황금빛 태양이 나타나니, 온 세상이 밝았고, 그 태양이 지고 나니 온 세상은 깜깜한 어두움이었다. 이렇게 낮과 밤, 이 두 개의 서로 다른 색채는 인간의 행동과 사고를 규제하였다. 순응과 반순응, 긍정과 부정, 웃음과 공포가 이 빛에서부터 시작되었다. 활동을 정지시키는 검은 빛의 밤은 공포와 죽음의 세계였고, 밝은 태양이 빛을 내는 낮은 삶을 준비하는 생명의 세계였다.

예술은 인간사의 표현이다. 인간의 역사는 언제나 밝음과 어두움이 교차되면서 이루어져왔다. 문학도 물론 예술이다. 따라서 문학작품 속에는 인간사의 명암이 투영된다. 밝음과 어두움, 순응과 반순응, 긍정과 부정의 그 원리 말이다. 자손을 낳고, 동네를 이루고, 나라를 세우는 밝음의 인간사와 죽고, 싸우고, 떠나고, 망하는 어두움의 역사가 늘 대립되며 진행되는 게 인간사이다.

일찍부터 문학작품 속에는 이 명·밝음과 암·어두움의 색대가 존재했다. 성경과 불경이 이런 인간사를 배경으로 한 경전이다. 성경의 창세기는 밝음과 어두움으로 시작되는 인간사의 압축이다.

하나님이 가라사대 빛이 있으라 하시매 빛이 있었고, 그 빛이 하나님의 보시기에 좋았더라 하나님이 빛과 어두움을 나누사 빛을 낮이라 칭하시고 어두움을 밤이라 칭하시니라.

불경의 경우도 마야(Maya) 왕비가 석가를 잉태할 때, 흰빛의 코끼리가 뱃속으로 들어오는 꿈을 꾸었고, 아시타(Asita) 은자(Hermit)가 성에서 '찬란한 빛'이 떠오르는 것을 보고 비범한 왕자가 탄생된 것을 알았다. 그리고 이 왕자, 싯다르타(Siddhartha)가 깨닫는 순간도 봄날, 농부가 밭을 가는 쟁기 앞에서 벌레를 잡아 물고 솟아오르는 새를 빛 속에서 관찰하는 순간이다.

태초의 이런 빛은 인간사를 문제 삼는 문학에서도 동일하게 나타난다. 일찍이 독일의 문호 괴테는 『색채론』(*Zur Farbenlehre*, 1810)에서 "색채는 여러 가지 기분을 만들어 내기도 하며, 역으로 기분과 상태에 따라 색채가 순응하기도 한다"고 했다. 우리는 스탕달의 『적과 흑』에서 붉은 빛이 군복과 군대, 검은 빛이 승복과 승려가 되는 것으로, 멜빌의 『백경』에서는 그 흰 고래를 초자연적인 신비로 이해한다. 그리고 노발리스의 『푸른 꽃』은 낭만적인 인간의 영혼으로 해석한다.

그렇다면 이제 한국문학의 이미지 구조에 있어서 '흰빛'이 가지고 있는 상징과 표징은 어떠한가. 흰빛의 이미지는 우리 민족 고유의 문학갈래인 초기 시조작품에서부터 분명한 의미로 표현되었다.

가마귀 싸우는 골에 백로야 가지마라
성낸 가마귀 흰빛을 새올세라
清江에 잇것시슨 몸을 더러일가 하나라

고려 말 정몽주의 어머니가 지은 이 시조에는 까마귀와 백로가 더러움과 순수함이라는 표징으로 대립되어 있다. 여기서는 검은빛은 사악이고 흰빛은 선과 순결의 의미이다. 혼탁한 세상에 오염된 간신과 상종하지 말고, 고려를 위해 깨끗한 지조를 지켜야 함을 비유적으로 표현한 시다. 흰빛에 대한 이런 이미지는 다른 시조에서도 유사하게 나타난다.

梨花에 月白하고 銀漢이 삼경인제
一枝春心을 子規야 아라마난
다정도 병인양하여 잠못들어 하노라

이수대엽(二數大葉)의 이 시조는 대체적으로 님을 그리는 연시로 읽히는데, 그 순진무구한 그리움과 그것을 몰라주는 안타까움을 흰빛으로 표상했다. 배꽃의 흰빛, 흰 달빛, 은하수의 흰빛이 주는 황홀하고 숭고한 분위기 속에 님에 대한 사랑을 토로하고 있다.

시조에 나타나는 흰빛의 이런 색채 영상은 현대시에 와서도 다르지 않다. 가장 한국적인 시인으로 평가받는 정지용의 대표작에서도 흰빛의 이미지는 여전하다.

白樺옆에서 백화가 髑髏가 되기까지 산다.

내가 죽어 백화처럼 흴 것이 숭 없지 않다.

　• 정지용, 「백록담」(白鹿潭) 3연

　伐木丁丁 이랬거니 아람도리 큰 솔이 베혀짐즉도 하이
골이 울어 멩아리 소리 쩌르렁 돌아 옴즉도 하이 다람뒤
도 좃지 않고 뫼ㅅ새도 울지 않어 깊은 산 고요가 차라리
뼈를 저리우는데 눈과 밤이 조히 보담 희고녀!

　달도 보름을 기달려 흰 뜻은 한밤 이 골을 걸음이란다?

　• 정지용, 「장수산 · 1」 일부

　정지용의 시 「백록담」에 나타나는 이 흰빛 이미지를 「구성
동」의 그것과 함께 김지하는 '흰 그늘'의 테마라고 하면서
무릇 한국의 예술이 우리 민족의 흰빛과 결합하지 않는 고통
의 자취는 성공할 수 없다고 했다.[47] 제2차 세계대전이 일어
나던 1941년이라는 숨 막히는 시간에 지용의 흰 그늘 이미
지를 김지하는 신산고초와 고통스런 삶의 그늘을 경건하고
신성한 초월성으로 건너려한 시정신으로 이해하고 있다. 『삼
국유사』 고구려조에 유화가 주몽을 잉태하는 대목에 나타나
는 '日影'을 '해 그늘'로 해석하고, 이것을 '흰빛―민족의
신화―초월적인 아우라―동북아 전통문화의 핵심적 상징'
으로 심화 확대시키는 자리에 김소월 · 정지용 · 이육사 · 서

정주의 시를 대입하고 있다.[48]

　이육사가 「광야」에서 "다시 천고의 뒤에 백마 타고 오는
초인이 있어"라고 노래했을 때의 그 흰 말을 탄 사람도 한 신
비한 존재의 상징임은 모르는 사람이 없다. 「장수산 · 1」에
나타나는 흰빛의 신성성의 의미표상과 다르지 않다.

　흰빛의 이런 색채상징은 미당 서정주의 시에도 나타난다.

　누님
　눈물 겨웁습니다.

　이 우물 물같이 고이는 푸름 속에
　다수굿이 젖어 있는 붉고 흰 木花꽃은
　누님
　누님이 피우셨지요?

　퉁기면 울릴듯한 가을의 푸르름엔
　바윗돌도 모다 바스라져 내리는데…

　저 魔藥과 같은 봄을 지내여서
　저 無知한 여름을 지내여서
　질경이 풀 지슴ㅅ 길을 오르 네리며

허리 굽흐리고 피우셨지요?

　　• 서정주, 「목화」 전문

　　고려 때의 충신 문익점(文益漸)이 중국에 사신으로 갔다가 씨를 붓 대롱에 숨겨와 퍼진 목화는 씨도 희고 그 꽃도 희고 열매도 희다. 우리민족의 옷을 흰 옷으로 만든 이 신비한 식물은 하얀 씨앗이 하얀 꽃을 피우다가 하얀 솜을 만든다. 미당은 이 식물의 그 흰빛을 누님이 살던 신산한 삶과 결합시키고 있다. 1930년대 중반 시인 부락파를 이끌던 이 시인에게는 이 시가 자신의 말대로 육성의 통곡이나 고열한 생명 상태의 고백, 또는 상실되어가는 인간원형을 돌이키려는 의욕의 표출이었을지 모른다. 그러나 우리는 이 시에서 긴 식민지의 악몽을 겪은 백의민족의 고단했던 정신사를 본다. 그래서 이 시의 회상체의 톤은 그 순결한 원형을 다시 찾았다는 의미로 들린다. 무지막지한 여름 무더위 속에 핀 하얀 목화가 역경과 시달림 속에서 생명을 걸고 얻은 숭고한 정신의 열매가 되고 백의민족의 삶을 보호하는 옷자락이 되고 오염의 역사를 지워버릴 낙원 회복의 영상이란 뜻으로 의미가 확장되기 때문이다. 정지용 시의 색채상징과 동일하다.

　　우리 시사에서 한국문학을 대표하는 그룹, 청록파의 시에서도 흰빛의 이런 전통적 색채영상은 조금도 다르지 않다.

白樺 앙상한 사이를 바람에 白樺 같이 불리우며

물소리에 흰 돌되어 씻기우며 나는 총총히 외롬도 잊고
왔더니라.

살다가 오래여 삭은 장목들 흰 팔 벌이고 서 있고 風雲
에 깎이어 날선 봉우리 훌 훌 훌 蒼天에 흰구름 날리며 섰
더니라

　• 박두진, 「별」 일부

　이 시의 색채영상에는 물론 흰빛이 아닌 '창천'도 있다. 그
러나 백화 · 흰 돌 · 흰 팔 · 흰 구름이라는 어휘에서 보듯이
흰빛의 영상이 화자의 심리와 좋은 조화를 이룬다. 이 시의
서정적 자아는 물소리에 씻겨 흰 돌이 되면서 외로움을 잊고
산으로 왔는데, 그 산은 백화가 흰 팔을 벌리고 서 있고, 봉
우리는 흰 구름을 걸고 살아간다. 역시 산은 '신성하고, 경
건하고 순수하다'고 위로를 받는다. 다섯 번이나 나타나는
흰색의 색채어가 시의 맛을 훼손시킨다기보다 오히려 시의
식을 심화시킨다. 박목월의 「나그네」의 그 나그네는 흰두르
막을 입고 남도 삼백리 하얀 길을 가는 듯하고, 조지훈이
"외로이 흘러간 한송이 구름/이 밤을 어디메서 쉬리라 던
고" 할 때의 그 나그네도 이 시의 신성적 초월성과 맞물린다.

조지훈·박목월·박두진을 지칭하는 청록파(靑鹿派)는 자연의 미학적 이상화를 색채 상징성을 통하여 물아일체의 서정을 강조하는 시인 그룹이다. 이런 점은 청록——'푸른 사슴'이라는 말에서부터 나타난다. 그들의 스승, 정지용의 백록——흰 사슴 이미지를 통해 우리 겨레의 심상을 꿰려한 발상과 같다. 이런 이유로 이 세 시인의 시에서는 관조된 자연 사물과 관련되는 색채어가 많이 등장한다. 특히 빈도수가 많은 색은 흰색이다. 참고로 1946년 을유문화사판 『청록집』(靑鹿集)을 텍스트로 흰색과 푸른색의 빈도수를 대략적으로 대비해 보자.

흰색: 흰 옷자락·하얗게 일어서·흰 달빛·먼 흰 치맛자락 (목월); 하얀 동정·흰 손·하이얀 미닫이·차고 흰 구름·흰 옷깃·흰 저고리·흰 수염·하이얀 고깔 (지훈); 하이얀 촉루·흰돌·백화·흰 옷·흰 장미·눈이 하얗게 덮혔다·흰 팔 벌리고·하얀 눈·백골·하얀 눈바람·하얀 산나비·뽀오얀 구름 (두진)

푸른색: 청노루·청석 (목월); 푸른 산·파르나니 깎은 머리 (지훈); 검푸른 푸른 동산·푸른 장생목·푸른 산·푸른 하늘·파랗게 하늘이 얼었다·푸른 무덤·하늘 빛 도라지꽃·푸른 숲속 길·청산·푸른 봉오리·푸른 빛·푸른 보리

밭 · 푸른 잔디밭 (두진)

전체적인 빈도수에 있어서는 흰빛(24회)이 푸른빛(18회)보다 6회나 많고, 개인별로는 박두진을 제외한 두 시인은 청색보다 백색을 훨씬 많이 쓴 것으로 나타났다. 흰색과 청색을 한국시의 색채론적 미감의 기초색이라고 볼 때 청록파시인의 이런 성향은 이들 시인이 한국시의 전통을 계승하고 있다는 사실을 단적으로 드러내 보인다. 시조에서 나타나던 흰빛, 정지용 · 서정주 두 시인에게서 발견할 수 있는 색채 이미지가 이 세 시인에게서도 똑같이 나타난다. 신통한 일치이다.

그러면 이제 1940년대 초에 마도강에서 창작되고, 1940년대 초에 읽힌 한 얼 生의 북방시 13편이 놓인 자리로 돌아가자.

한 얼 生과 흰빛

한 얼 生의 북방시편 중에서 색채어 '흰색'이 구체적인 심상의 전개와 함께 추상적 의미의 층이 그 배후에 동반됨으로써 확장된 비유(allegory)를 수행하고, 또 그것이 이중적이고 상징적으로 표현된 작품은 「북방에서」(1940. 7), 「흰 바람벽이 있어」(1941. 4), 「아짜시야」(1940. 11), 「남신의주 유동 박시봉방」, 「허준」이다.

먼저 네 작품의 전문을 꼼꼼히 읽어보고 이들 작품이 거둔

문학적 성과를 찾고, 아울러 그것의 우유(寓喩)적 의미를 가늠해보자.

①
아득한 넷날에 나는 떠났다
扶餘를 肅愼을 勃海를 女眞을 遼를 金을,
興安嶺을 陰山을 아무우르를 숭가리를.
범과 사슴과 너구리를 배반하고
송어와 메기와 개구리를 속이고 나는 떠났다.

나는 그때
자작나무와 익갈나무의 슬퍼하든 것을 기억한다
갈대와 장풍의 붙드든 말도 잊지않었다
오로촌이 멧돌을 잡어 나를 잔치해 보내든것도
쏠론이 십리길을 딸어나와 울든것도 잊지않었다.

나는 그때
아모 익이지못할 슬픔도 시름도 없이
다만 게을리 먼 앞대로 떠나나왔다
그리하여 따사한 해ㅅ귀에서 하이얀 옷을 입고 매끄러운 밥을 먹고 단샘을 마시고 낮잠 을 잤다

밤에는 먼 개소리에 놀라나고

아츰에는 지나가는 사람마다에게 절을 하면서도
나는 나의 부끄러움을 알지못했다.

그동안 돌비는 깨어지고 많은 은금보화는 땅에 묻히고
가마귀도 긴 족보를 이루었는데
이리하야 또 아득한 새 넷날이 비롯하는때
이제는 참으로 익이지못할 슬픔과 시름에 쫓겨
나는 나의 녯 한울로 땅으로―나의 胎盤으로 돌아왔으나

이미 해는 늙고 달은 파리하고 바람은 미치고 보래구름
만 혼자 넋없이 떠도는데

아 나의 조상은 형제는 일가친척은 정다운 이웃은 그리
운것은 사랑하는 것은 우럴으는 것은 나의 자랑은 나의 힘
은 없다 바람과 물과 세월과 같이 지나가고 없다.
•「북방에서―정현웅에게」전문

②
오늘저녁 이 좁다란방의 흰 바람벽에

어쩐지 쓸쓸한것만이 오고 간다

이 힌 바람벽에

히미한 十五燭전등이 지치운 불빛을 내어던지고

때글은 다 낡은 무명샷쯔가 어두운 그림자를 쉬이고

그리고 또 달디단 따끈한 감주나 한잔 먹고싶다고 생각

하는 내 가지가지 외로운 생각이 헤매인다

그런데 이것은 또 어인일인가

이 힌 바람벽에

내 가난한 늙은 어머니가 있다

내 가난한 늙은 어머니가

이렇게 시퍼러등등하니 추운날인데 차디찬 물에 손을

담그고 무이며 배추를 씻고 있다

또 내 사랑하는 사람이 있다

내 사랑하는 어여쁜 사람이

어늬 먼 앞대 조용한 개포가의 나즈막한 집에서

그의 지아비와 마조 앉어 대구국을 끓여놓고 저녁을 먹

는다

벌서 어린것도 생겨서 옆에 끼고 저녁을 먹는다

그런데 또 이즈막하야 어늬사이엔가

이 힌 바람벽엔 내 쓸쓸한 얼골을 쳐다보며

이러한 글자들이 지나간다

―나는 이 세상에서 가난하고 외롭고 높고 쓸쓸하니 살

어가도록 태어났다

　　그리고 이세상을 살어가는데

　　내 가슴은 너무도 많이 뜨거운것으로 호젓한것으로 사

랑으로 슬픔으로 가득찬다

　　그리고 이번에는 나를 위로하는듯이 나를 울력하는듯이

　　눈질을하며 주먹질을하며 이런 글자들이 지나간다

　　―하눌이 이세상을 내일적에 그가 가장 귀해하고 사랑

하는것들은 모두

　　가난하고 외롭고 높고 쓸쓸하니 그리고 언제나 넘치는

사랑과 슬픔속에 살도록 만드신것이다

　　초생달과 바구지꽃과 짝새와 당나귀가 그러하듯이

　　그리고 또『프랑시쓰ㆍ쨈』과 陶淵明과『라이넬ㆍ마리

아ㆍ릴케』가 그러하듯이

　　•「흰 바람벽이 있어」 전문

　　③

　　어느 사이에 나는 아내도 없고 또

　　아내와 같이 살던 집도 없어지고

　　그리고 살뜰한 부모며 동생들과도 멀리 떨어져서

　　그 어느 바람 세인 쓸쓸한 거리 끝에 헤매이었다.

바로 날도 저물어서

바람은 더욱 세게 불고, 추위는 점점 더해 오는데

나는 어는 木手네 집 헌 삿을 깐

한 방에 들어서 쥔을 붙이었다.

이리하여 나는 이 습내 나는 춥고, 누긋한 방에서

낮이나 밤이나 나는 나 혼자도 너무 많은 것 같이 생각
하며

딜옹배기에 북덕불이라도 담겨 오면

이것을 안고 손을 쬐며 재우에 뜻 없이 글자를 쓰기도
하며

또 문 밖에 나가디두 않구 자리에 누어서

머리에 손깍지 벼개를 하고 굴기고 하면서

나는 내 슬픔이며 어리석음이며를 소 처럼 연하여 쌔김
질하는 것이었다.

내 가슴이 꽉 메어 올 적이며

내 눈에 뜨거운 것이 핑 괴일 적이며

또 내 스스로 화끈 낯이 붉도록 부끄러울 적이며

나는 내 슬픔과 어리석음에 눌리어 죽을 수 밖에 없는
것을 느끼는 것이었다.

그러나 잠시 뒤에 나는 고개를 들어

허연 문창을 바라보든가 또 눈을 떠서 높은 턴정을 쳐다

보는 것인데

　이 때 나는 내 뜻이며 힘으로 나를 이끌어 가는 것이 힘든 일인 것을 생각하고

　이것들보다 더 크고 높은 것이 있어서 나를 마음대로 굴려 가는 것을 생각하는 것인데

　이렇게하여 여러 날이 지나는 동안에

　내 어지러운 마음에는 슬픔이며 한탄이며 가라앉을 것은 차츰 앙금이 되어 가라앉고

　외로운 생각만이 드는 때 쯤 해서는

　더러 나줏손에 쌀랑쌀랑 싸락눈이 와서 문창을 치기도 하는 때도 있는데

　나는 이런 저녁에는 화로를 더욱 다가 끼며 무릎을 꿇어 보며

　어니 먼 산 뒷옆에 바우 섶에 따로 외로이 서서

　어두어 오는데 하이야니 눈을 맞을 그 마른 잎새에는

　쌀랑쌀랑 소리도 나며 눈을 맞을

　그 드물다는 굳고 정한 갈매나무라는 나무를 생각하는 것이었다.

　• 「남신의주 유동 박시봉방」 전문

인용된 시 ①, ②, ③은 다음 세 가지 면에서 그 경향이 유

사하다. 첫째, 백색의 색대, 흰빛의 이미지가 모든 시를 관통하고 있다. 둘째, 시의 화자, 곧 서정적 자아가 유랑민의식에 사로잡혀 있다. 셋째, 시의 극적 상황이 모두 주체적 정서와 자아를 환기하는 방향으로 전환되고 있다.

그러면 이런 문제를 하나씩 고찰해보자. 시 ①에서 제2연의 '자작나무', 제3연의 '하이얀 옷', 제6연의 '보래구름'은 모두 흰빛이다. 보래구름은 하늘 높이 이리저리 흩어져 날고 있는 구름덩이를 가리키는 말인데, 이런 구름들은 대개 흰 구름이다. 청명한 여름날 오후 아득한 하늘 끝에 목화송이같이 흩어져 있는 구름이다. 이 세 어휘는 각 연의 테마를 강하게 환기시키는 효과를 수행하고 있다.

이 시의 화자 '나'는 흰빛의 색대 사이로 떠나온 길손이다. 자작나무의 숲길을 거쳐와 지금은 밤에는 먼 개소리에 놀라기도 하지만 '하이얀 옷'을 입고 매끄러운 밥을 먹는다. 그러나 이 길손이 돌아온 고향, 태반(胎盤)에는 하얀 보래구름만 이리저리 날고, 태반에 산다고 믿었던 사랑하는 사람들은 모두 어디론가 떠나고 없다. 지용(芝溶)이 객지를 떠돌다 고향에 돌아왔을 때 발견한 그런 "먼 항구로 떠도는 구름"이고, 지훈(芝薰)이 "외로이 흘러간 한 송이 구름"(「파초우」)이라 노래한 그 구름과 같다. 모두 실향당한 민족의 하얀 운율, 풍찬노숙, 객지를 떠돌다 하얗게 바래버린 회소감정이다. 그래서 시의 화자 '나'는 또 떠나야 할 운명이다. 모두 떠나고 없으니 내가 그리던 것, 내가 우러르는 것, 나의 조상, 형제, 일가친척, 정다운 이웃을 만날 수 있는 여행을 다시 시작해야하기 때문이다. 이 시의 화자가 슬픔과 시름을 벗어나지 못하는 이유가 여기에 있다.

시 ①에서의 세 번째 문제, 곧 주체적 정서는 마지막 연 "나의 (……) 우러르는 것은 나의 자랑은 나의 힘은 없다"에 상징적으로 압축되어 있다.

이 내키지 않는 힘은 바로 '조상·형제·일가친척·이웃'의 상실감에 있다. '조상·형제·일가친척·이웃'이란 무엇인가. 바로 민족, 조국의 다른 이름이 아니겠는가. 이것은 그시절 이역의 하늘, 남의 민족이 세운 새로운 서울, 신징(新京)에서 이렇게 읊은 "내 손자의 손자와 손자와 나와 할아버지와 할아버지의 할아버지와 할아버지의 할아버지의 할아버지와 (……) 수원백씨(水原白氏) 정주백촌(定州白村)의 힘세고 꿋꿋하나 어질고 정 많은 호랑이 같은 곰 같은 소 같은 피의 비 같은 밤 같은 달 같은 슬픔을 담는 것 아 슬픔을 담는 것"(「목구」〔木具〕)에서 잘 드러난다.

이 '힘'은 수원 백씨, 백씨들만 살아 백촌(白村)이 되고, 백씨들만 살아 힘이 호랑이 같고, 곰 같고, 소 같은 그것이다. 그런데 이 시의 마지막 행이 '슬픔'으로 끝나고 있다. 제

사상의 목기(木器)를 바라보며 눈부신 그 흰빛의 백씨들이 부리던 힘은 다 사라지고 이제는 슬픔을 담는 그릇에만 남아 있단다.

결국 이 시의 화자가 마지막으로 인식하는 세계는 우러러 보는 존재, 자랑스러운 존재, 힘 있는 존재는 나의 조상, 형제, 일가친척, 이웃이었는데 그들은 이제 바람처럼 물처럼 세월처럼 흘러가버렸다고 절망한다. 바로 가족구조의 붕괴, 집성촌의 붕괴, 그래서 민족 자체가 서서히 붕괴되면서 유맹(流氓)으로 전락해가던 참담한 그 현실, 이렇게 이 시는 역사와 정신의 이중구조화로 짜여 있다.

이 시에서 화자 '나'는 자신의 긴 유랑의 내력을 서사적 구성으로 전개한다. 제1연에서는 고향으로 상징되는 부여ㆍ발해ㆍ송화강ㆍ범ㆍ흥안령ㆍ사슴ㆍ송어…… 등을 부정하고, 최후에는 자신까지 부정하고 떠났다는 내력이고, 제2연은 화자가 고향을 떠날 때의 회상이다. 곧 모든 것이 자신의 떠남을 말리며 아쉬워했다는 술회이다. 제3연에서는 안일하게 살았던 자신의 과거를 반성한다. 제4연은 삶의 태반으로 돌아와 새롭게 삶을 시작하려는 의지의 토로이다.

제5, 6연에서는 탄식과 회한의 정서가 비통한 톤을 형성한다. 자신의 근본을 부정하고도 부끄러움을 알지 못하고 흘러다니다가 "참으로 이기지 못할 슬픔과 시름에 쫓겨" 돌아온 태반인데 그 태반은 그리던 그것이 아니다. 폐허의 공간이다. 그래서 시의 화자는 절망과 허망에 빠진다. 절망을 이기려고 찾아왔는데 오히려 더 큰 절망을 체험한다.

이것은 김윤식의 말대로 우리문학이 일찍이 가져본 적이 없는 '철저한 허망이고 절망'이다.

그렇다면 친구 정현웅에게 고백하는 형식의 이야기 시를 이 시인이 써야 했던 동기는 어디에 있었을까. 제일 먼저 생각할 수 있는 것은 자신의 초상화를 그려주었고, 그것이 1939년 6월 『문장』지 여름 특집호에 실린 것에 대한 화답일 것이라는 추측이다.

이 초상화에는 다음과 같은 화제(畫題)가 있다.

　이것은 青年詩人이고/잡지 女性 편집자/미스터 白石의 프로필이다/미스터 白石은 바루/내 오른쪽 옆에서/심각한 표정으로/사진을 오리기도 하고/와리쓰게도 하고 있다. 그래서 나는 밤낮/미스터 白石의 심각한 프로필만 보게된다/미스터 白石의 프로필은 조상과 같이 아름답다/미스터 白石은 西班牙 사람도 같고 필립핀 사람도 같다/미스터 白石도 필립핀 女子를 좋아하는 것 같다/미스터 白石에게 西班牙 투우사의 옷을 잎이면/꼭 어울릴 것이라고 생각한다 以下略······.[49]

그야말로 자신이 좋아하는 단짝친구에 대한 아낌없는 헌사이다. 한 인간의 장점만 보지 않고는 막역지간의 우정에 이를 수 없다. 바로 이 화제(畵題)가 그렇다. 형식적으로 보면 「북방에서」는 정현웅에게 바치는 헌시이다. 그러나 이 시의 내용을 염두에 둘 때 이것은 틀린 답이다. 헌시가 아니라 고백시, 친구에게 하소연하는 담시(譚詩)의 형식을 가지고 있기 때문이다. 살아남기 위해 번문욕례를 마다하지 않고 살아왔는데, 이제 남아 있는 것은 아무것도 없다. 이 허망함을 친구에게 들려주는 이야기 형식으로 되어 있다. 속에서 북받치는 슬픔·서러움·외로움을 토로하면서 힘의 행방을 묻고 있다. 힘으로 상징되는 민족의식이 몇 겹으로 알레고리화됨으로써 이 시를 외연으로만 보면 이국정조의 서정시가 된다. 그러나 시의 내포를 다스리고 있는 것은 바로 마도강에서 시인 자신이 겪고 있던 민족적 갈등이다. 「고독」과 같은 작품이 이런 역사적 의미가 전개되는 뚜렷한 이중구조의 시의식을 강하게 뒷받침한다.

나는 孤獨과 나라니 걸어간다
휘파람 호이 호이 불며
郊外로 풀밧길의 이슬을 찬다

문득 녯일이 生覺키움은―

그 時節이 조앗젓슴이라

뒷山 솔밧속에 늙은 무덤하나

밤마다 우리를 맛어 주엇지안엇더냐!

그새 우리는 單 한번도

무덤속에 무엇이 무처는 가를 알라고 해본적도 늣겨 본

적도 업섯다

썩갈나무 숩에서 부헝이가 울어도 겁나지 안엇다

그무렵 나는 人生의 第一課를 질겁고 幸福한 것으로 배

윗섯다

나는 孤獨과 나라니 걸어간다

하늘 놉히 短杖 홰홰 내두르며

郊外 풀밧길의 이슬을 찬다

그 날밤

星座도 곱거니와 개고리소리 유난유난 하엿다

우리는 아모런 警戒도 必要업시 金모래 구르는 淸流水에

몸을 담것다

별안간 雷聲霹靂이 울부짓고 번개불이 어둠을 채지했다

다음 瞬間 나는 내가 몸에 피를 흘리며 發惡햇던것을 깨달엇고

내 周圍에서모든것이서 써나려 갓슴을 알앗다

그쌔 나는 人生의 第二課를 슬픔과 孤寂과 哀愁를 배웟나니

나는 孤獨과 나라니 걸어간다

旗ㅅ폭이냥 옷자락 펄펄 날리며

郊外 풀밧길의 이슬을 찬다

絡綵娘의 잣는 실 가늘게 가늘게 풀린다

무엇이 나를 寂寞의 바다 한가온대로 써박지른다

나는 속절업시 부서진 배〔船〕쪼각인가?

나는 대고 밀린다

寂寞의 바다 그 쓰트로

나는 바다ㅅ가 沙場으로 밀여 밀여 나가는조개 껍질인가?

오! 하늘가에 홀로 팔장씨고 우--쑥선 저-거므리는 그림자여……

• 「고독」 전문

1940년 7월 14일『만선일보』에 이 시가 발표될 때, 「북방에서」는 서울의『문장』에 발표되었다. 같은 1940년 7월이다. 그리고 두 작품의 시적 발상 역시 유사하다. 고백적인 이야기의 형식을 가지고 있고, "나는 그 때……, 그대……, '……다' 식 서술, 나는 인생의 제1과를 질겁고……, 나는 인생의 제2과를 슬픔과 고적과 애수를 배웠나니……" 등의 표현양식과 서술방식이 서로 유사하다. 「고독」을 「북방에서」의 초고(草稿)라고 해도 지나칠 게 없을 만큼 시적 발상이 닮았다. 다만 「고독」이 「북방에서」보다 소재형성의 세련도가 다소 떨어진다. 시의 화자가 '고독'을 느끼게 되는 정체는 밀리는 힘 때문이다. 이 작품의 마지막 연을 찬찬히 음미해보자. 시의 화자는 파도에 밀려난 바닷가의 조개껍질 같다고 생각하며 분노에 차 있다.

　나는 대고 밀린다
　寂寞의 바다 그쪽으로
　나는 바닷人가 沙場으로 밀여 밀여 나가는조개 껍질인가?
　오! 하늘가에 홀로 팔장씨고 우-쑥선 저-거므리는 그림자여……

힘에 밀리는 사나이의 오기가 섬뜩한 시의식으로 표현되

고 있다. 전형적인 우유(allegory)의 기법이다.「북방에서」
도 패자(敗者)의 노래가 아니다. "우러르는 것은 나의 자랑
은 나의 힘은 없다" 마지막 연을 가로지르는 이 시의식, '힘
이 없다'는 것을 아는 것은 힘을 다시 가지겠다는 뜻이다. 힘
이 흘러간 줄도 모른다면 그건 진짜 절망상태이다. 무릇 잃
어버린 것 빼앗긴 것을 다시 찾아야겠다는 것이 인간의 본성
이다.「고독」의 마지막 행. "홀로 팔장끼고 우―쭉선 저―거
므리는 그림자" 이것은 대결의 자세이다. 이 시인이 같은 시
기「목구」(1940. 2)에서 찾던 "호랑이 같은 곰 같은 소 같
은" 그 힘이다. 외연(denotation)으로 읽을 시행이 아니다.
결코 절망으로 늪을 건너려는[50] 패자의 노래가 아니기 때문
이다. 만약「북방에서」가 북방적 낭만성을 넘어 우리 시사에
뚜렷한 작품성을 인정받는다면 이 시가 가지고 있는 이런 확
장된 비유의 시적 성취가 고려될 때일 것이다.

　시 ②에서 감지되는 시의식 역시 시 ①과 다르지 않다. 이
시에는 '힌 바람벽'이라는 단어가 네 번이나 연속되는데 세
번은 과거회상의 시상과 연결되고, 한 번은 현재와 연결된
다. 결국 '힌 바람벽'은 과거를 환기하는 이미지이다. 첫 번
째에서는 "쓸쓸한 것만 오고가고", 두 번째에서는 "때글은
무명샤쯔가 어두운 그림자로 쉬고", "외로운 생각이 헤매인
다." 세 번째에는 "가난한 늙은 어머니가 이렇게 시퍼러둥둥

하니 추운 날인데 차디찬 물에 손을 담그고 무이며 배추를 씻고 있다." 네 번째에는 내 쓸쓸한 얼굴이 뜨고, 그리고 그 벽에는 "나는 이 세상에서 가난하고 외롭고 높고 쓸쓸하니 살아가도록 태어났다"는 글자들이 지나간다. 그러니까 모두 "쓸쓸함, 가난, 외로움, 가난한 어머니, 외롭고 높고 쓸쓸한 운명을 타고난 나"의 등가물로 '흰 바람벽'이 차용되고 있다.

한 얼 生의 북방시편을 읽다보면 우리는 '쓸쓸함·고독·외로움'과 같은 어휘를 자주 대하는데 이럴 경우 시의 화자는 대개 경제적으로 절박한 상태에 있다. 시 ②의 경우도 같은 사정이다. 다 낡고 때가 까만 무명셔츠가 걸린 흰 안벽(바람벽) 아래 화자는 15촉짜리 전등불 밑에 혼자 내팽개쳐져 있다. 공복을 채울 먹을 것 하나 없는 상황에서 화자 '나'는 흰 바람벽을 건너 고향으로 돌아간다. 그리고는 고향에서 마시던 따끈한 감주를 생각하다가 슬픔과 고통을 인종(忍從)하며 살고 있을 늙은 어머니에 생각이 이른다. 그러나 오늘은 흰 바람벽을 바라보며 어느새 나도 어머니와 같은 신세임을 발견한다. '나 역시 가난하고 외롭고 높고 쓸쓸하게 살아가도록 운명 지워진 존재이다. 그것에 순응해야지'라고 생각하며 더 큰 슬픔에 싸인다. 그러나 시의 화자는 가장 귀하고 사랑하는 것은 모두 슬픔 속에 살도록 하늘이 내린 것이라고 마음을 바꾸고, 오히려 그 슬픔을 사랑하겠다고 다짐한다. 시적 상황이 반전되는 구조이다. 이 시가 독자를 감동시키는 기술양식이다.

한 얼 生의 시에서 쓸쓸함·고독·외로움이라는 인간의 원초적 정서를 불러일으키는 가난·궁핍의 모티프는 이「흰 바람벽이 있어」만이 아니다. 이 모티프는 초기작품에서부터 자주 나타났다.

산턱 원두막은 뷔었나 불빛이 외롭다.
(……)
날이 밝으면 또 메기수염의 늙은이가 청배를 팔려 올 것이다.
•「정주성」일부

호박잎에 싸오는 붕어곰은 언제나 맛있었다.
•「주막」일부

흙담벽에 볕이 따사하니
아이들은 물코를 흘리며 무감자를 먹었다.
•「初冬日」일부

돌다리에 앉아 날버들치를 먹고 몸을 말리는 아이들은
물총새가 되었다.

• 「하답」(夏畓) 일부

모두 가난이 모티프가 된 시다. 「정주성」의 메기수염의 노
인은 늙은 행상이다. '메기수염', '팔려온다'는 말에서 우리
는 이 늙은 봇짐장수의 초라한 모습이 떠오른다. 그런데 「주
막」, 「초동일」, 「하답」의 모티프는 모두 먹을거리다. 호박잎
에 싸서 구워먹는 물고기, 겨울이 오는 흙담 밑에서 생감자
를 먹는 아이, 물총새가 먹는 버들치를 날로 먹고 물총새가
된 아이들……. 이런 시적 상황을 시골 아이들의 가난이 서
경화되었다고 말한다면, 그것은 한 얼 生의 작품 저변에 도
사린 시의식을 제대로 읽지 못하는 소리다. 한 얼 生의 시는
그런 상황을 넘어선다.

1935년에 발표한 처녀작 「정주성」에서 보듯이 이 시인은
처음부터 적막한 생활과 외각지대 우리의 정체적인 삶을 문
제 삼았기 때문이다. 1936년에 발표한 「쓸쓸한 길」에 오면
이들 서정적 자아의 삶은 더욱 외로워지고, 더욱 쓸쓸한 정
황으로 묘사된다.

거적 장사 하나 산뒤ㅅ 넘 비탈을 올은다

아 ─딿으는 사람도 없이 쓸쓸한 쓸쓸한 길이다
山가마귀만 울며 날고
도적개ㄴ가 개 하나 어정어정 따러간다
이스라치전이드나 머루전이드나
수리춰 땅버들의 하이얀 복이 사러웁다
뚜물같이 흐린날 東風이 설랜다

 •「쓸쓸한 길」 전문

  가난하게 살다가 쓸쓸하게 죽은 한 인간의 장례식이다. 그
러나 한 얼 生은 자신이 창조한 시의 주인공들을 더 이상 이
런 가난과 슬픔 속에 방치하지 않는다. 소외되고 쓸쓸한 그
땅으로부터 떠나게 한다.

  어두어 오는 성문 밖의 거리
  도야지를 몰고 가는 사람이 있다.

  엿 방 앞에 엿궤가 없다

  양철통을 쩔렁거리며 달구지는 거리 끝에서 강원도로
 간다는 길로 든다

술집 문창에 그느슥한 그림자는 머리를 없혔다
- 「성외」 전문

빈곤 속에서 헤어나지 못하는 삶을 더 이상 견디지 못하고, 야반도주하듯 새로운 땅을 찾아가는 사람들의 모습이다. 「흰 바람벽이 있어」는 이런 일련의 시 끝에 서 있다. 공간적으로는 먼 북만이고, 시적 장치는 운명을 역설화함으로써 위의 시들이 머물러 있는 현실, 현상적 세계를 뛰어넘어, 운명과 가난까지도 사랑하는 초월의 자세를 취한다.

이 점은 이 작품이 종국적으로 함의하고 있는 중요한 요소, 허무적인 달관 또는 운명애적 현실초월 시도로 암시된다.

하눌이 이 세상을 내일적에 그가 가장 귀해하고 사랑하는 것들은 모두
가난하고 외롭고 높고 쓸쓸하니 그리고 언제나 넘치는 사랑과 슬픔속에 살도록 만드신 것이다
- 「흰 바람벽이 있어」 일부

이 시의 화자는 "초생달, 바구지꽃, 짝새, 당나귀, 프랑시쓰·쨈, 도연명, 라이너·마리아·릴케"가 그렇게 산다면서 그들을 닮고 싶어한다.

초생달은 재생의 의미이고, 바구지꽃은 박꽃인데 그 빛이 희고, 유독 밤에도 피어 있어 꽃이면서도 쓸쓸한 감을 준다. 짝새는 뱁새이고 뱁새는 아주 작은 새로 욕심 없이 세상을 살아가는 유익한 동물이다. 당나귀 또한 많은 일을 하나 욕심 없는 순한 짐승이다. 프랑시스 잼, 도연명, 릴케, 이런 문인들은 평생을 수도자처럼 고독하게 살았던 현실초월의 문인이다.

이렇게 볼 때「흰 바람벽이 있어」는 한 얼 生의 인생관의 어떤 표상이다. 즉 '현실불만―입만(入滿)―자아성찰 계기―자기정체성에 대한 고민―자아의 현실직시―존재를 위한 상황과 대치―순응―생의 본질 터득―운명애'의 과정이 압축된 이야기 시의 구성이다. 그렇다면 이 작품은「북방에서」의 힘의 부재를 친구에게 하소연하던 형식, 대결의 포즈를 넘어서는 하나의 시적 성취라 하겠다. 그것은 흰빛의 이미지가 패배나 아세(阿世)로 변질되는 것이 아니라 이 빛의 고유한 성격, 초월과 순수 원초적인 삶의 낙원 상태와 합일되었기 때문이다. 이 시절「선구자」의 윤해영이「낙토만주」를 쓰며 민족을 완전히 배반했던 것과 대비하면[51] 한 얼 生의 이런 자세는 놀라울 뿐이다. 이런 점에서「흰 바람벽이 있어」는「북방에서」를 잇는 한국북방시편의 또 다른 명편이다.

시 ③은 일찍부터 한국인의 생활철학과 인생관이 집약된 대표적인 사상시[52] 또는 한국이 낳은 가장 아름다운 서정시[53]로 평가되었다.

필자는 이 시가 『학풍』 창간호(1948. 10)에 발표되었지만, 사실은 해방 전 마도강에서 쓰인 시로 해방이 되면서 친구이자 소설가인 허준(許俊)이 서울로 가져왔고, 허준은 이것을 자신의 창작집 간행(1946. 9)을 준비하던 을유문화사에 넘겼고, 을유문화사는 자사가 발행하는 『학풍』 창간호에 이 시를 실었을 것이라는 말을 앞에서 한 바 있다. 그리고 이러한 가능성을 뒷받침하는 것이 중편소설 「잔등」임을 그 내용을 통해서 살펴보았다. 여기서는 이러한 사실을 전제하면서 친구 허준에게 바친 시, 「허준」의 시의식이 「남신의주 유동 박시봉방」과 어떻게 친연성을 갖는가를 고찰하겠다. 이것은 '가장 아름다운 서정시' 혹은 '한국인의 인생관이 집약된 사상시'라는 기존의 평가를 재검토하는 일이면서, 동시에 한얼 生의 북방시편에 대한 필자 나름의 문학적 견해를 밝히는 것이 된다.

④
그 맑고 거룩한 눈물의 나라에서 온 사람이여
그 따마하고 살틀한 볏살의 나라에서 온 사람이여

눈물의 또 볕살의 나라에서 당신은
이세상에 나들이를 온 것이다
쓸쓸한 나들이를 단기려 온 것이다

눈물의 또 볕살의 나라 사람이여
당신이 그 긴 허리를 구피고 뒤짐을 지고 지치운 다리로
싸움과 흥정으로 왁자짓걸하는 거리를 지날때든가
추운겨울밤 병들어누은 가난한 동무의 머리맡에 앉어
말없이 무릎우 어린고양이의 등만 쓰다듬는때든가
당신의 그 고요한 가슴안에 온순한 눈가에
당신네 나라의 맑은 한울이 떠오를것이고
당신의 그 푸른 이마에 뼈여진 억개쭉지에
당신네 나라의 따사한 바람결이 스치고 갈 것이다

높은산도 높은 꼭다기에 있는듯한
아니면 깊은 문도 깊은 밑바닥에 있는듯한 당신네 나라의
하늘은 얼마나 맑고 높을것인가
바람은 얼마나 따사하고 향기로울 것인가
그리고 이 하늘아래 바람결속에 퍼진
그 풍속은 인정은 그리고 그말은 얼마나 좋고 아름다울
것인가

다만 한사람 목이 긴 詩人은 안다

　　『도스토이엡흐스키』며 『죠이쓰』며 누구보다도 잘 알고
일등가는 소설도 쓰지만

　　아무것도 모르는듯이 어드근한 방안에 굴어 게으르는
것을 좋아하는 그 풍속을

　　사랑하는 어린것에게 엿한가락을 아끼고위하는 안해에
겐 해진옷을 입히면서도

　　마음이 가난한 낯설은 사람에게 수백량돈을 거저 주는
그 인정을 그리고 또 그 말을

　　사람은 모든것을 다 잃어벌리고 넋하나를 얻는다는 크
나큰 그말을

　　그 멀은 눈물의 또 볓살의 나라에서

　　이 세상에 나들이를 온 사람이여

　　이 목이 긴 詩人이 또 계산이 처럼 떠곤다고

　　당신은 쓸쓸히 웃으며 바둑판을 당기는구려

　　●「허준」 전문

　시인 한 얼 生, 소설가 허준, 화가 정현웅은 막역지간의 우
정을 나누던 사이이다. 이것은 정현웅이 한 얼 生의 프로필
을 그려주고, 한 얼 生은 「정현웅에게」라는 시를 썼고, 또

「허준」이라는 시를 허준에게 바치고 있기 때문이다. 시 속에 실명이 등장하는 일은 종종 있다. 가령 정지용의 "하인리히 하이네 적부터/동그란 오오 나의 태양도", 김기림의 "빠이론과 같이 짖을 수도 없고", 서정주의 "샤알·보드레-르처럼 섧고 괴로운 서울여자", "포올·베르베-느의 달밤", 김춘수의 "라이너·마리아·릴케, 당신의 눈을 보고 있다" 등이 그런 예이다. 그러나 한 얼 生의 시제에서 보듯이 인명을 시의 표제로 삼은 것은 파격적이다. 김소월이 「J·M·S」라는 시제를 조만식이라는 민족지도자의 이니셜에서 따왔고, 김춘수가 「릴케의 장(章)」이라 했을 때도 릴케는 세계문학사에서 그 이름이 빠질 수 없는 존재이다.

한 얼 生은 사정이 이렇지 못한 자기의 친구를 시의 표제로 잡았다. 이것은 관행을 무시하는 행위라고도 할 수 있다. 하지만 자신의 정신세계를 드러내기 위한 시적 장치로는 더 효과적이다. 마치 윤동주가 「별헤는 밤」에서 패, 경, 옥, 프랑시스 잼, 라이너 마리아 릴케를 연호함으로써 표현의 효과를 얻으려했듯이. 그러니까 한 얼 生은 정다운 친구에게 비밀스럽고, 사적인 이야기를 털어놓듯 시를 쓰려한 것이다. 왜 그러했을까. 세상을 향해 공공연히 이야기할 수 없는 사정 때문이었을 것이다. 공공연히 말할 수 없는 사정이란 어떤 것일까. 우리는 이것을 시 ③과 시 ④의 시의식을 통해 추측할 수 있다.

시 ③의 화자는 지금 아내도 없고, 아내와 살던 집도 없고, 부모 형제와도 멀리 떨어진 알거지 신세의 방랑객이다. 그에게는 보호해줄 사람도 없고, 자리 잡고 살 집도 없다. 그래서 그는 남의 집 헛간에 거처를 정하고 첫 추위 오는 겨울을 화로 하나로 견디며 행복했던 시절을 회상한다.

시 ④는 당신의 나라에서 온 사람에 대한 찬미이다. 이 시의 당신의 나라는 하나의 이상국이다. 희망의 나라, 아름다운 나라, 축복받은 땅이 이 나라이다. 당신은 바로 이러한 나라에서 이 세상에 나들이를 온 손님, 적강(謫降)한 신선이다. 그래서 '당신의 나라=당신'이 된다. 그래서 이 시의 화자는 이 세상에 나들이 온 이 사람의 풍속을 열렬히 찬미한다.

첫 번째 풍속은 어두워오는 방에서 이리저리 구르며 게으름을 피우는 것이고, 두 번째 풍속은 안해에겐 남루한 옷을 입히면서도 가난한 사람에게 적선을 하는 것이고, 셋째 풍속은 사람에게는 넋, 정신이 제일 중요하다는 것이다.

당신의 풍속에 대한 찬미는 곧 당신 나라의 찬미가 된다. 결과적으로 이 시는 일등 가는 소설을 쓰는 당신이 사는 나라, 작가 허준의 나라, 곧 한국에 대한 찬미가 된다. 바로 백석(白石)이라는 이름 대신에 '한 얼 生'이라는 다른 이름을 쓰는 그 시정신이다.

시 ③은 알거지 신세의 방랑객의 회한이고, 미래에 대한 어떠한 희망도 없다. 이 시의 화자는 추운 밤에 혼자 누워 뒹굴며 슬픔이며 어리석음을 새김질하다가, 다만 고향 뒷산 '바우 섶'에서 흰 눈을 맞고 서 있을 굳고 정한 갈매나무를 생각해낼 뿐이다. 그래서 이 시는 결국 갈매나무 찾기가 되고 말았다. 갈매나무란 어떤 나무인가. 송준의 설명은 이렇다. 이 나무는 상당히 드물고 귀한 나무이다. 산야에 저절로 나는 키가 5미터 정도 자라는 나무, 잎은 긴 타원형이고 열매는 익으면 먹어도 된다. 충남 이외의 우리나라에서 자라며 그러나 찾아보기가 매우 드문 나무이다.[54]

이 시에서 가장 긴장감을 느끼는 대목은 '하이얀 눈'과 갈매나무가 만나는 부분이다. "먼 산 뒷옆에 바우 섶에 따로 외로이 서서, 하이야니 눈을 맞는, 굳고 정한 갈매나무"라는 시행이 신성하고, 순수하고, 고귀하고, 깨끗하며 신산한 초월성으로 오감을 자극해 오기 때문이다. 여기서 이 시의 화자가 받던 쓸쓸함·외로움·어리석음·슬픔의 고통은 사라진다. 갈매나무에 의해 극복의 심리를 획득하기 때문이다. 그렇다면 '굳고 정한' 이 나무는 어떤 시의식과 관련된 표상이란 말인가. 그리고 왜 갈매나무가 하이야니 눈을 맞으며 서 있다고 말할까. 또한 이 나무는 왜 먼 산 뒷옆에 바우 섶에 따로 외로이 서 있을까. 왜 그 마른 잎새에는 쌀랑쌀랑 소리도 나며 눈을 맞는다고 했을까. 이것을 어떤 존재의 고통 극복, 겨울나기라고 하면 많이 빗나간 해석이 될까. '하이얀 눈'과 '굳고 정한 갈매나무'의 호응을 흰빛의 이미지로 투사되어온 백의민족의 그 무엇을 표징하는 확장된 비유, 곧 알레고리로 해석한다면 비약일까. 지용의 '백화'(白樺), 미당의 '목화'(木花), 청록파의 '흰 구름'이 한 얼 生의 시에 와서 '갈매나무'로 굴절되었다면 논증을 하지 않은 비약이 될까. 아니다. 이것은 바로 "내가 죽어 백화처럼 흴것이 숭 없지 않는" 지용의 그 '백록담'과 맞물린 시상이고 "질경이 끝 지름길을 오르내리며/허리 구부리고 피운" 미당의 '목화'의 시상이고, "백화 앙상한 사이를 바람에 백화같이 불리우며 물소리에 흰 돌이 되어 씻기우는" 두진의 별, 지훈의 '구름'의 시상이다. 모두 신산고초를 겪는 흰 그늘의 영상, 백의민족을 흰색대로 묶을 수 있는 친연성의 색대(色帶)이다. 이런 친연성의 발견 끝에서 우리는 비로소 이 '갈매나무'가 시 ④, '당신의 나라'의 다른 이름일 수 있다는 결론에 도달한다. 비로소 신성하고, 순수하고, 고귀하고, 정한하고 깨끗한 존재, 갈매나무가 볕살의 나라, 맑은 하늘의 나라, 높은 산이 있는 나라, 인정 풍속이 좋고, 아름다운 나라의 다른 표현임을 깨닫는다. 그리고 마침내, 왜 이 시인이 재만조선인도 하나 둘

창씨개명을 하던 시간에, 왜 '한 얼 生'이라는 필명으로 시를 발표했던가도 깨닫게 된다. 이런 점에서 「남신의주 유동 박시봉방」과 「허준」은 그 시의식이 동일하고, 시적 발상에 공통성이 두드러진 같은 세계의 다른 작품이다. 예를 들면 "문 밖에 나가디두 않구 자리에 누어서/머리에 손깍지 벼개를 하고 굴기도 하면서/나는 내 슬픔이며 어리석음이며를"이라는 시구와 "아모것도 모르는 듯이 어드근한 방에서 굴어 게으르는 것을 좋아하는"이 바로 연결되는 것처럼. 이와 같이 이 두 시는 알레고리에 의해 시대의식과 시인의 의식을 성공적으로 수행하고 있다.

또 하나 시 ③과 시 ④가 함께 가지고 있는 특성은 적강형 모티프가 산문시 형식으로 표현되고 있는 점이다. 시 ④의 "볓살의 나라에서/이 세상에 나들이 온 사람이여"의 이 적강한 인간, 곧 아주 착하고 순수한 이 시의 화자는 이 세상에서 매우 쓸쓸한 나날을 보내고 있다. 이런 점은 시 ③의 화자가 너무 착하여 어느 목수네집 습내나는 방에서 허연 문창을 바라보든가 높은 천장을 쳐다보는 생활과 같고, 「나와 나타샤와 힌 당나귀」의 '나'가 혼자 소주를 마시는 행위와 유사하다. 적강형 인물의 이런 쓸쓸함은 이 시인의 또 하나의 명품, 「나와 나타샤와 힌 당나귀」를 통해 환상적으로 극화시킴으로써 독자에게 또 다른 시적 진실을 체험하게 한다.

가난한 내가
아름다운 나타샤를 사랑해서
오늘밤은 푹푹 눈이 나린다

나타샤를 사랑은 하고
눈을 푹푹 날리고
나는 혼자 쓸쓸히 앉어 燒酒를 마신다.
소주를 마시며 생각한다
나타샤와 나는
눈이 푹푹 쌓이는 밤 힌 당나귀타고
산골로 가쟈 출출이 우는 깊은 산골로 가 마가리에 살쟈

눈은 푹푹 나리고
나는 나타샤를 생각하고
나타샤가 아니 올리 없다.
언제 벌서 내속에 고조곤히 와 이야기한다.
산골로 가는 것은 세상한테 지는 것이 아니다
세상 같은 건 더러워 버리는 것이다

눈은 푹푹 나리고
아름다운 나타샤는 나를 사랑하고

어데서 흰 당나귀도 오늘밤이 좋아서 응앙응앙 울을 것
이다

• 「나와 나타샤와 흰 당나귀」 전문

한 얼 生의 화자, 유랑객 행색의 나그네는 거의 이 나타샤
를 사랑하는 시적 자아처럼 신선(神仙) 같은 인물이다. 시 ①
의 이 인물은 지친 행색으로 옛 하늘로 왔으나 해·달·바
람·보래구름만 남은 텅 빈 땅에서 주체 못할 적막감에 빠지
고, 시 ②에서는 가장 귀하게 여기고 사랑하는 것들은 모두
가난하고 외롭고 높고 쓸쓸하니 살도록 만들어졌으니 그런
하늘의 뜻을 따라야 한다고 말하며 주저앉는다. 시 ③의 화
자도 내 뜻이며 힘으로 나를 이끌어가는 것이 힘든 일을 만
날 때, 그것은 이것들보다 더 크고 높은 것이 있어서 나를 마
음대로 굴러가게 하는 것이라고 생각한다. 이런 시적 자아
들은 속된 세상을 살아가기에는 너무 연약한 인간들이다.
그래서 이들은 늘 현실에서 패배하고 외곽으로 밀린다. 이
들이 기껏 하는 일은 무엇을 사랑하고, 방안에서 혼자 뒹굴
고 술이나 마시며, 바람벽을 쳐다보다가 어머니나 생각한다.
현실에서 자기 자신도 관리할 수 없는 인물이다. 하지만 우
리는 이런 화자들이 시 ①에서는 정현웅이라는 한국의 화가
였고, 시 ②와 ③에서는 시인과 동일화된 존재였다. 시 ④의

화자는 당신의 나라, 한국의 유명한 소설가 허준에게 바치는 헌사이다.

그렇다면 이러한 논리를 한 단계 전환시키면 어떤 진술이 가능할까. 바로 흰빛으로 상징되던 백의민족의 다른 형상이 이런 화자들이라는 논리가 성립된다. 흰빛으로 표상되는 신성함, 순수함, 오염의 역사를 지워버린 원초적인 삶의 낙원 상태가 적강형(謫降型)의 인간으로 전신(轉身)되었다는 말이다. 그리고 이런 시의식을 효과적으로 형상화하기 위한 방도로 산문시형태가 채택되었을 것이다. 시 ③을 한국시가 거둔 최고의 자리에 두는 모든 평가 속에는 이런 시적 성취가 결과적으로 수용되고 있다.

이런 점에서 시 ③은 북방시편이 거둔 하나의 권화(權化)이며, 민족시의 한 전형이며, 자아복원의 주체적 의지를 백의민족 정서로 압축한 한 시대의 정전(canon)이라 할 수 있다. 이것은 이 명편의 끝을 마무리하는 '갈매나무'에서 발견한다. 온갖 풍상을 다 겪고 나서, 홀로 밤 눈을 맞고 서있는 "그 드물다는 굳고 정한 갈매나무"의 '갈매나무'는 「북방에서」에서 초혼처럼 토해내던 절망이 아니라, 혼자, 굳세게, 밤을 새우고 새벽을, 봄을 맞이하겠다는 신성한 의지의 확장된 표상으로 읽혀진다.

흰빛과 역사적 진실

한 얼 生의 북방시편 중 흰색의 이미지가 가장 선명한「아 까시야」의 시적 성취의 본질을 이해하기 위해 그의 시에 특히 많이 나타나는 흰색의 에피세트(epithet)를 일별해볼 필요가 있다.

쌔하얀 할미귀신(「고야」), 하이얗게 빛난다(「흰밤」), 수리취 땅버들의 하이얀 복(「쓸쓸한 길」), 횃대의 하이얀 옷(「머루밤」), 흰 두레방석(「비」), 했슥한 처녀가 새벽달 같이(「시기(柿崎)의 바다」), 흰 나비, 히스무레한 꽃(「창의문외」), 아카시아꽃의 향기(「정문촌」), 눈 오신 날(「삼천포」), 다문다문 흰 점, 하이얀 것(「노루」), 흰밥(「고사」), 흰밥, 흰밥, 욕심이 없이 히여졌다, 흰밥(「선우사」), 하이얀 해ㅅ볕(「바다」), 하이얀 김(「야반」), 자작자무, 자작나무, 자작나무, 자작나무, 자작나무(「백화」), 눈, 눈, 눈, 흰 당나귀, 눈, 눈, 흰 당나귀(「나와 나타샤와 흰 당나귀」), 흰 저고리(「절망」), 하이얀 나비수염(「외갓집」), 하이얀 자리(「내가 생각하는 것은」), 하이얀 하이얀 길, 하이얀 회담벽(「남향」), 하이얀 꽃, 하이얀 꽃(「야우소회」), 하이얀 지붕, 하이얀 대림질감(「박각시오는 저녁」), 새하얗게 얼은(「팔원」), 자작나무, 하이얀 옷(「북방에서」), 흰구름(「호박꽃 초롱」), 눈, 뽀오햔 힌김, 뿌우현 부엌, 함박눈, 히수무레하고(「국수」), 힌 바람벽, 힌 바람벽, 힌 바람벽, 힌 바람벽, 바구지꽃(「힌 바람벽이 있어」), 하이야니 눈을 맞을(「남신의주 유동 박시봉방」)

이런 색채어의 점검을 통해서 판단할 수 있는 한 얼 生의 시세계는 두 가지의 해석을 가능하게 한다. 첫째는 이 시인이 결국 전통문화적 문화의식 계승자라는 사실이다. 이것은 한 얼 生이 1940년대 초기에 활발한 작품활동을 한 시인으로서 흰색에 의한 상징적 표상을 통해 소멸해버리거나 역사의 이면으로 흘러버릴 모국의 원형심상을 시적 내포화로 성공시켰고, 둘째로 한국의 정취, 특히 북방정서를 색채어의 구사를 통해 그 감각적 에피세트를 이어받고 있기 때문이다. 한 얼 生의 이런 창작행위는 이 땅을 지키며 살려 했던 백의민족의 감정이나 정서, 또는 복식 등 생활문화가 맞닥뜨리고 있던 모종의 색채영상의 갈등을 드러낸다. 이런 시편들이 결국 이 땅의 문화 그 자체이거나, 예술의 감응과정에 수반되는 어떤 정감적인 물상의 실체성을 암시하기 때문이다.

시 120여 편에 흰 색의 빈도수가 무려 70여 회이다. 시 두 편 중 한 편 이상이 흰빛의 이미지와 시상이 관련되어 있다는 말이다. 결코 간과할 수 없는 현상이다. 청록파보다도 높고, 시조보다도 그 수치가 높다.

　그러면 이 문제를「아까시야」를 통해 표본 고찰해보자.

　서리에 傷해 썰어진 제 입사귀로 발치를 뭇고 쉴새 업시 찬바람을 吐해내는 蒼空과마주처 죽은듯이 우쑥 선 아까시야

　아무런 假飾도 虛勢도 쑤미지안은 검은몸이로다그러나 몸에굿거니 武裝하기를 게을리아니하고 가슴패기 노란 누룹치기 멧마리 날러와가지에 머므르고 少女갓흔 맵시로 哀憐한 목소리 내여 찍― 찍― 울지만그는 오직 바위갓치 鈍感하다

　　旣往 萬年을 足히 살어왔고

　　將次 億年을!

　　將次 億年을 더 살리라는 듯

　　둔덕위의 錚錚한 아까시야 한그루 時空을 헤집고 그한복판에서서 生과 歷史를 오늘도 어제도 諦念하다

　　•「아까시야」전문

「아까시야」는 1940년 11월 21일,『만선일보』에 발표된 작품이다. 우리가 이 시를 대했을 때 이 시가 시적 성취를 이루

었는가의 문제보다 먼저 마음을 사로 잡는 것은 11월이라는 계절과 아카시아와의 관계이다. 문학이 설사 시간을 초월하는 인간의 정서를 다루는 예술이라 하더라도 신문의 생명은 시간인데 11월에 여름의 나무를 노래하는 시를 싣는 것은 독자의 정서에 어긋난다. 신문일수록 계절에 대한 감각은 오히려 민감하게 다루어져야 한다. 그렇다면 왜 이렇게 되었을까. 두 개의 추측이 가능하다.

첫째는 신문 편집상 시를 한 편 실어야 하는데 적당한 작품이 없었다. 둘째 시인과 편집자의 의도에 의해 계절적 감각과는 무관하게 당연히 이 시가 실려야 한다. 어느 것이 정답인지 감을 잡을 수 없다. 그러나 시를 찬찬히 음미해보면 정답은 어렵지 않게 도출된다.

우선 우리의 관심을 끄는 대목이 제1행에 보이는 "우뚝 선 아까시야"이다. 이 구절에 걸리는 대문은 "쉴새 업시 찬바람을 토해내는 창공"이다. 아카시아는 북아메리카가 원산지이지만 우리나라나 만주지역 등에서도 많이 서식하는 갈잎 큰 키 나무이다. 보통 15미터 내외의 높이로 자라는데 생명력이 아주 강하다. 그렇지만 이 정도의 나무를 두고 우뚝 서서 겨울의 창공과 대거리를 한다는 식의 표현은 그 기교에 다소 문제가 있다. 중국대륙에는 아카시아보다 당당한 나무가 얼마든지 있다. 그렇다면 이 시의 첫 행을 어떻게 읽어야 할까. 바로 존재론(ontology)적 이해를 넘어서는 표현론(expressive theories)적 독법이다. 우리가 잘 알 듯이 존재론은 워즈워스의 『서정시집』의 서문이 그 전범인데, 이 논리의 핵심은 작품을 내면적인 것이 외면화된 것으로 본다. 또한 예술은 감정의 충동적 활동과정에서 생기게 되며, 시의 경우 시인의 지각·사상·감정이 결합된 체험적 산물이라는 것이다.

따라서 '아까시야'라는 테마는 '한 얼 生'이라는 시인의 심리적 체험과 창작 당시의 활동과 관련된다. 다시 말해서 겨울인데 왜 여름의 나무를 찬미하는 시를 실었는가의 문제는 1940년 11월, 시인 한 얼 生의 감정적 충동, 또는 심리 내부에서 일어나고 있던 원천적 시정신, 아카시아꽃의 흰빛 이미지가 환기하는 신성한 초월성, 민족의 신화,[55] 영원한 재생, 아카시아의 강한 생명력과 연결된다.

이런 답을 시사하는 중요한 자료가 같은 시기에 발표한 희귀한 평론 「슬픔과 진실」과 역시 희한한 비평적 에세이 「조선인과 요설 ─ 서칠마로 단상의 하나」[56]이다. 「슬픔과 진실」은 박팔양의 자선 시집 『여수시초』에 대한 독후감이다. 1940년 경성의 박문서관에서 발행된 『여수시초』는 한국문학사에 그 이름이 거의 나타나지 않는 시집이다. 그런데 이 시집을 두고 한 얼 生은 다음과 같은 높은 평가를 내린다.[57]

우리는 이제 이 詩人이 얼마나 崇嚴한 眞實아폐서 울고
우는가를 볼수잇습니다.

친구께서는 길을가시다가
길가의한포기 조그마한풀을
보신일이 잇스실것이외다
(······)

(······)
그대와 나는 목숨을 위하야
따우에 딩굴고 또 딩굴것이외다.
　•「목숨」

이러케 어린아이처럼 딩구는 이詩人의눈가에는 뜨거운
것이 작고작고 괴여올을 것을 나는 생각합니다. 또
이맘때쯤 가난한지붕미테
밤새어알는
이늬 외로운 홀어머니 아들의 더운머리도
싸늘하게 식고 비로소 정신을 차려 눈을 뜰때다
　•「가을밤」

이때 이 시인의 따사한 가슴에는 그 무슨 차디찬 것이 무거이무거이 갈어안지 시인은 고요히 무릅을 꿀엇슬 것을 나는 생각한다.

이 시인은 이러한 眞實을 나즉히 참으로 나즉히 하여 우수수하는 나무닙소리에도 달어나버릴듯한 나즉한 목소리로 노래도 불으고 휘ㅅ파람도불어보고 그려다는 『드릴말슴이업서』 『아모말말슴도아니하』고… 하는것입니다.

이러한 놉고 참되고 겸손한 詩人의 詩集이 詩人의 年歲 四十을 거이바라볼 때 나왓기로니 詩集을 이루운 詩品이 겨우 마흔하고 일곱박에 아니된다기로니 이것무이엇입니까 더럽고 낫고 거즛되고 겸손할줄 모르는 우리 周邊에서 詩人 麗水와 詩集 『麗水詩抄』에는 尊敬을 들일것박게 업습니다.

『麗水詩抄』는 나즉하여 오르기 조흔 山이요 맑고 정한 시내요 山허리의 붉으혜한 진달내요 녀룸저녁이요 정다운 날비래입니다.

麗水는 그이름가티 물을 그중에도 시내물을 조하하는 詩人입니다. 『麗水詩抄』의 第一景 「시냇물」에 이르르면 ―

시냇물을 녀름의 황혼이 즐거운 듯이
춤을추며 풀향기를 물우에 실고 흐르네

냇가에는 이름모를 날비래들이 날고

냇가에는 어린 동무들이

재재걸이며 놀고

어려서는 냇가에서 밤깁흔줄을 몰랐고 자라서는

냇가에서 슬픈노래를 배웠네

얼마나 좃습니까 느끼웁습니까 그윽합니까 하디못해 슬

퍼지는것입니까 ─

『어려서는 냇가에서 밤 깁흔줄을 몰랐고

자라서는 냇가에서 슬픈노래를 배웠네』

우리 詩壇의 맑고 정한 시냇물인『麗水詩抄』로 밝아 벗

고 기뻐 뛰며 올 녀름입니다. 그리고『麗水詩抄』는 京城 鍾

路 博文書館 發行으로 定價는 三錢의 小單行本이다.

•「슬품과 진실」(下) 전문

후에 변절의 시인이 된 박팔양의 시집을 "속된 세상에서

가난하고 핍박(逼迫)을 받아 처량한 것을" 이기는 것은 '슬

픈 정신'인데, 그게 높은 가치가 있다는 것이다. 시인은 진실

로 슬퍼할 줄 아는 혼을 가진 사람이며, 그런 사람만이 이 속

된 세상에 가득 찬 근심과 수고를 덜 수 있다는 말이다. 문학

은 안식과 위안을 찾는 고통 가운데서도 즐거움을 준다. 그래서 사람들은 문학에서 절망 대신 희망을 체험할 수 있단다.

「조선인과 요설」은 조선인의 말과 삶의 문제를, 그야말로 다른 것을 말하면서 본질을 풍유하는 알레고리적 구조를 가지고 있다. 「슬픔과 진실」에 나타나던 암시의 확장이다. 우선 다음과 같은 구절을 찬찬히 읽어보자.

조선인의 무엇으로 말이 만흔 것인가. 무엇을 그럿케 饒舌하지 안을 수 업는 것인가. 무엇이 그럿케 차고 넘치는 것이 잇는가. 무엇이 그럿케 글허을흐는 것이 잇는가. 조선인은 그 무거운 自省과 悔悟와 贖罪의 念으로 해서라도 오늘 누구를 啓蒙한다 할 것인가. 무엇을 闡明하고 어떠케 批判한다 할 것인가. 朝鮮人에게 眞實로 沈通한 摸索이 잇다면 이 饒舌의 헛된 수작과 실업은 우슴이 어떠케 잇을 것인가. 더욱히 朝鮮人이 眞實로 光明의 大道를 바라본다면 이 큰 感激과 喜悅로 해서라도 어떠케 참으로 이러케 饒舌일 수 잇슬 것인가.

(……)

朝鮮人에게는 이러케 悲哀와 寂寞이 업슬 것인가. 憤怒가 업슬 것인가. 朝鮮人은 이러케 緊張과 興奮을 모르는 것인가. 그리고 생각하는 것까지도 일허버린 것인가. 滅亡의

究極을 생각하면 그것은 無感한 데 잇슬 것이다.[58]

조선인이 슬픔과 긴장을 가지지 못한 행동을 비판하면서 조선인들이 진실로 침통한 모색을 가질 것을 설득한다. 무엇이 그렇게 차고 넘치는 것이 있기에 수다를 떨고 있는가. 무엇이 그렇게 즐거운 것이 있기에 생각 없이 요설만 늘어놓고 있는가. 이렇게 조선인의 생활태도를 비판하면서 자중자애의 신중한 언동이 없는 경박함을 타매(唾罵)한다. 자성과 참회가 없는데 어찌 민족의 혼과 운명, 그리고 멸망을 알겠는가라는 이 반어적 진술은 만주로 망명객처럼 떠나온 한 얼 生의 심리를 관통하면서 재생산된 흰빛 이미지의 다른 모습이다. 삶의 자성적 진지성을 강조한다는 점에서 그러하다. 이런 점은 「슬픔과 진실」의 순교적 시의식을 뛰어넘고 한 얼 生이라 개명한 그 이름과 길항하는 시의식이다. 한편 한 얼 生은 인도의 푸른빛에서 항하(恒河)·겐지스강 만년(萬年)의 흐름에 젖어 있는 생명의 발광을 보고, 몽고 일망무제(一望無際)의 초원에서는 적막을 본다.

印度의 푸른빛을 바라보며 나는 이것이 무엇이고 어데서 오는가를 본다. 印度의 푸른빛은 恒河萬年의 흐름에 젓는 生命의 發光이다. 이 생명의 寂寞에 가까운 崇嚴한 침묵이다. 나는 蒙古의 무게가 무엇인가를 안다. 一望無際의 蒙古 草原이다. 蒙古人에 心中에 노인 一望無際의 草原이다.

잇다금 꿩이 울어 깨어지는 그 草原의 適莫이다. 이것이 蒙古의 무게다. 朝鮮人은 印度의 빗도 蒙古의 무게도 다 일히벌엿다.[59]

'인도의 푸른빛'은 바로 조선의 흰빛이다. 한 얼 生은 푸른빛에서 생명의 발광을 보고, 흰빛의 이미지화로 신산고초의 역사 속에 산 우리 민족의 실체를 노래했기 때문이다. 몽고인은 초원의 푸른빛에서 생명의 발광을 발견했고, 인도인은 푸른빛에서 그것을 얻었듯이 한 얼 生은 조선의 흰빛에서 민족생성의 염원을 찾으려 했다. 그러나 이제 우리는 그것을 잃어버렸고, 조선인의 요설은 조선인의 생명과 숭엄함, 혼과 거리를 만든다고 경고한다. 조선의 혼은 원래 무겁고, 깊은 것이었으니 지금이라도 침묵과 적막으로 망국의 근거를 참회함이 마땅한데 요설만 늘어놓고 있으니 일이 아주 잘못되어 간다는 것이다. "비록 몸에 남루를 걸치고 굶주려 안색이 창백한 듯한 사람이나 민족"도 "입을 다물고 생각하고 노하고 슬퍼하면 천근의 무게가 있"으니 지금이야말로 "조선인에게는 침묵이 요구된다"는 충고이다.

서울의 좋은 직장을 버리고 만주로 종적을 감춘 1년 후,

서칠마로 바람 세인 쓸쓸한 거리 어디쯤, 어쩌면 헌 삿을 깐 방에서 문창을 바라보든가 눈을 떠서 천장을 바라보며 썼을지도 모르는 이 에세이는 한 얼 生이 흰빛을 발견하기까지 사색의 과정을 보여준다는 점에서 대단히 중요하다. 같은 달 「슬품과 진실」(1940. 5. 10)에서 진실과 슬품을 아는 시인만이 삶의 본질을 아는 참 인간이라고 한 말과 같은 맥락이다. 그리고 흰빛을 통해 민족의 정체성을 찾으려 한 것이나 침묵하는 자성(自省)을 통해 민족의 생명이 재발광하기를 기다리는 반응 역시 동일하다. 모두 한국의 얼을 희망과 자랑으로 이끌어내려는 암시적인 어법이 시의식과 이중 구조를 형성하고 있기 때문이다.

당시 『만선일보』 역시 검열에 자유롭지 못했던 사정으로 보면 요설에서 멸망의 근거를 상정하는 이 글은 비록 짧지만 상징과 암시의 기법에 의한 한 얼 生 특유의 세련된 문장을 형성하고 있는 비평적 에세이라는 점에서 문학사가 주목해야 할 가치를 지닌다. 그리고 같은 「아싸시야」에서 형상화를 시도한 흰빛의 알레고리적 수법과 호응된다는 점에서도 그러하다. 두 평론과 「아싸시야」를 유기적인 관계에서 파악한 근거는 이런 점 때문이다.

진정한 슬픔의 자각, 침묵하는 정신에 조선인의 혼이 존재한다는 말은 말이 혼이자 정신이라는 의미에 다름 아니다.

조선인은 나라를 잃고 땅을 잃고 만주까지 흘러왔는데 여기서도 말을 지키지 못하면 민족의 운명이 어떻게 되겠냐는 갈등이 이글의 주제다. 앞에서 고찰한 한 얼 生의 여러 대표작이 유독 회한과 자기성찰로 가득 찬 말·방언임은 이런 갈등의 고통에서 선택된 결과임은 물론이다. 한 시대의 언어는 존재론적으로 혹은 기능적 또는 도구적으로 존재함으로써 언어의 참 모습을 보여준다. 특히 그 언어를 사용하는 상황이 자유롭지 못한 시대에서는 더욱 그러하다. 한 얼 生이 정주 방언을 쓴 것은 정주 출신이라 운명적으로 선택된 것이 아니라, 공용어의 균질성에 저항하기 위해 의도적이고 전략적으로 기획된 성격이었고, 방언을 통해 토속적 세계를 재현함으로써 민족 단위보다 한 차원 큰 단위에서의 균질성 확보를 시도하려는 목적이었다.[60] 한국에서 표준어의 개념이 등장하고 그 필요성에 공감하게 된 것은 1930년대 이후인데, 한 얼 生은 그 표준어 사용이 자유롭지 못한 상황을 지방말(방언)로서 극복하려 했다. 표준어가 랑그·인공어로 이어진다면 실재하는 구어를 바탕으로 한 지방말(방언)은 파롤·자연어로 이어진다. 한 얼 生의 작품, 시가 민족적인 체취를 풍기고 있는 것은 그 말(방언)이 가상의 인공어가 아닌 파롤 차원의 자연스런 말을 질료로 삼았기 때문이다. 이와 같이 한 얼 生은 우리말을 아끼면서 우리말을 통해 민족과

우리의 정체성을 유지하고 다듬고 재발견하려던 시인이다. 그의 급작스런 만주행 역시 한국어의 이런 도구적 사용과 무관하지 않았을 것이다.

이런 점에서 한 얼 生이 조선인의 생각 없는 수다와 요설에서 망국의 근거를 찾고, 침묵과 분노에 찬 내면적 말의 중요성을 강조하며 민족의 불행한 현실을 극복하려 한 것은 그야말로 문학을 문학사의 문제가 아닌 민족의 문제로 해석한 빛나는 예이다.

모든 문학평론이 다 같은 것은 아니지만 무릇 평론이란 집필자의 논리가 선택된 텍스트를 통해 자신의 견해를 드러내는 글쓰기의 방식이다. 그래서 본질적으로 주관성을 면하기 어렵다. 때문에 '문학평론'은 창작이 된다. 물론 이때 채택된 텍스트는 평자의 논리에 대입됨으로써 특별한 의미를 지닌 존재가 되기는 한다.

시인 박팔양에게 있어서의 1940년대는 변화의 시대이면서 배반의 시대이다. 『만주시인집』(1942)에 수록된 「사랑함」을 보자.

　　나는 나를 사랑하며
　　나의 안해와 자녀들을 사랑하며
　　나의 부모와 형제와 자매들을 사랑하며

나의 동리와 나의 고향을 사랑하며
거기사는 어른들과 아이들을 사랑하며
나의 일본-조선과 만주를 사랑하며
동양과 서양과 나의 세계를 사랑하며.

그뿐이랴 이 모든 것을 길르시는
하누님을 공경하고 사랑하며
그분의 뜻으로 일우어지는 인류와 모든생물
사자와 호랑이와 여호와 이리와… 너구리와
소, 말, 개, 닭, 그외의 모든 즘생들과
조고마한 새와 버러지들까지라도 사랑하며.

그뿐이랴 푸른빗으로 자라나는 식물들과
산과 드을과 물과 돌과 흙과 그외에도
내눈으로 보며 또 못보는 모든물건을
한업시 앗기고 사랑하면서 한세상 살고십다
그들이야 나를 돌아보든말든 그까짓일 상관말고
내가 사랑하니할수업는 그런—
한울갓치 바다갓치 크고 널분마음으로 살고십다.

康德九年

• 박팔양, 「사랑함」 전문

"나의 일본—조선과 만주를 사랑한다"는 배반(背反)과 "하 누님을 공경하고 사랑"하는 기독교적 휴머니즘과 "푸른 빛 으로 자라나는" 모든 것을 사랑하는 생명사상이 「사랑함」의 테마이다. 그런데 한 얼 生은 이 시인의 이런 작품을 두고 "더럽고 낮고, 거짓되고, 겸손할 줄 모르는 우리 주위"의 시 와 구별된다고 칭찬하고 있다. 그렇다면 "나의 일본—조선과 만주를 사랑하며"를 어떻게 해석해야 하나.

 그러나 우리는 『여수시초』에 수록된 시가 거의 1930년대 의 구작임을 잊어서는 안 된다. 제일 앞자리에 놓은 '근작'이 라고 묶은 장(章)의 여러 작품도 창작연대가 1938년을 넘지 않는다. 대부분의 작품이 1935년 전후에 창작되었다. 오직 「소복입은 손이 오다」라는 시 한 편이 다른 시와 2, 3년 사이 를 둔 1938년 작이다. 그러니까 한 얼 生의 이런 평은 「소복 입은 손이 오다」의 어떤 요소, 그러니까 자신을 지탱하는 흰 빛의 색채상징과 긴밀한 길항관계에 있다고 봐야 한다.

 나는 아무 말씀도 하고싶지 않습니다.

 이리 꾸미고 저리 꾸미는 아름다운 말,

 그 말의 뒤에 따라 거짓이 싫어서,

 차라리 나는 아무 말씀도 안하렵니다.

또 나에게 지금 무슨 할 말슴이 있습니까?
모든것은 나보다도 그대가 더 잘 아시고,
또 모든것은 하늘땅의 신명이 아시고,
그뿐입니다 ― 드릴 말슴이 없습니다.

낙엽이 헛되어 거리위로 궁그러 가더니,
전이나 다름없이 소복입은 손님, 겨울이
고독에 우는 나의 들창문을 흔듭니다.
나는 또 헛되이 이밤을 탄식하고 있습니다.

종이 우에가 아니라, 지금 나는
마음속에 기록하고 있습니다.
방안에는 무거운 침묵이 떠돌고
거리우에는 지금도 눈보라가 치고 있습니다.

昭和十三年

　• 박팔양, 「소복입은 손이 오다」 전문

　이 시는 하나의 조사(弔詞)이다. 일찍이 이 시인은 카프의
맹원으로 활약했고, 그 시절 해외로 떠나는 이민을 향해 그
들의 고단한 삶을 문제 삼았던 「인천항」(1926), "젖빛하늘,
푸른 물결, 湖水 내음새/오오, 잊을 수 없는 이 港口의 情景

이여. (⋯2행 생략⋯) 流浪과 追放과 亡命의/많은 목숨을 싣고 떠난 배다"의 그 후일담에 이 시가 바짝 붙어 있다.

'소복입은 손님'은 결코 겨울이 아니다. 「인천항」의 "술취한 불란서 수병의 노래/오! 말세이유! 말세이유!/멀리두고 와 잊을 수 없는 고향의 노래를 부른다"던 '선원'이 여기서는 '그대'가 되었다. 추운 겨울을 소복입은 손님이라, 그렇게 부름은 한 시대의 종말, 만주사변(1937) 이후의 우리 민족이 직면하고 있던 암담한 현실의 다른 이름이 아닐까. 그대가 이미 알고 있는 사실인데 내가 무슨 말을 더 하겠느냐며 입을 다무는 이 시의 화자는 오직 이 밤을 탄식할 뿐이다. 소복입은 손님이 오는 밤은 곧 죽음이 오는 밤이기 때문이다.

북방체험을 낭만적 서정시로 투사하는 박팔양의 이 시 역시 시인의 현실의식과 그것을 뛰어넘는 알레고리 기법이 이중적으로 구조화되어 있다. 카프 맹원의 기질이 놀랍게도 여전히 살아 있는 시세계이다. 그러니까 『여수시초』를 호평하는 한 얼 生의 의식은 마도강으로 떠나오기 몇해 전 이 시인이 만난 흰빛의 이미지가 '소복입은 손님이 온다'고 하는 박팔양의 밤의 흰 색대와 손을 잡은 것이다. "우뚝선 아까시야"가 "쉴새없이 찬 바람을 토해내는 창공"과 마주섰다는 표현은 사실 이런 시대고의 다른 진술이다. 따라서 한 얼 生이 「아까시야」에서 북방의 겨울을 흰빛의 이미지로 가르며, "장차 억년을 더 살리라는 듯 시공을 해집고 그 한복판에 서서 생과 역사를 오늘도 내일도 체념하다"고 토로한 진술은 그 시대의 많은 갈등을 함의하려는 의도로 인해 관념화된 의도하지 않은 결과물이다. 시 「아까시야」가 역사적 진실을 노래한 사상시의 자리에 서 있다고 말한 이 항 서두의 진술은 이런 확장된 비유에 기인한다. 민족허무주의를 느끼게 하는 '체념하다'란 결구도 결국 이런 시적 구성에 따른 확장된 비유의 역설에 다름 아니다.

지금까지의 논의를 근거로 우리는 북방파시에서 또 다른 하나의 흰빛의 색대를 발견했다. 그것은 「인천항」에서 출발한 마도로스의 흰옷이 「소복입은 손이 오다」의 밤을 지나 입만(入滿) 후, 아카시아의 신성성, 재생성, 강한 생명력이 되어 우리 앞에 버티어 서는 그 시의식이다. 이 「아까시야」가 관념적 진술을 넘어 사상시로 독자를 긴장시키는 이유가 여기에 있다. 그리고 이 시가 한 얼 生의 북방시편 중 백의민족의 신산고초가 가장 강하게 집약된 상징시로 읽히고, '백석'이라는 잘 알려진 이름 대신 '한국의 얼, 한국의 정신'을 의미하는 '한 얼 生'이란 순수 한국어로 개명한 이유를 또 한 번 되새기게 된다.[61] 이런 개명은 당시의 창씨개명을 비웃는 행위이고, 자신이 근무하던 신징의 어떤 경제관계 단체를[62] 기만하는 행위이다. 결국 이것은 민족의식의 어떤 상징이 된다. '한 얼 生'이란 금시초문의 이름 뒤에는 기실 이 시인의 이런 민족사상과 문학을 통해 백의 정신을 지속시키려는 저항적 시의식, 다른 것을 말하면서 본질을 풍유(諷諭)하려는 시인의 깊은 역사의식이 내재해 있었다고 봐야 한다.

재외 한인의 경험에는 이주·차별·적응·문화접변·동화·공동체·민족문화와 민족 정체성 등 다양한 주제들이 있다.[63] 그리고 친일은 실제 몇몇 사람에게만 그늘을 드리우고 있는 것이 아니라, 우리 전체를 옭아매고 있는 보이지 않는 굴레였다. 이 기억들을 가시화하는 작업들을 통해 이 시대 역사를 온전히 복원해내는 것은 수난의 기억과 함께 수치와 부끄러움의 기억마저 되살리는 작업[64]이며, 1940년대의 식민지 국민문학이 '친일과 친일비판과 근대화가 공모하고'[65] 있는 형국이라는 논리의 자장권(磁場圈)에 이런 작품들이 놓여 있다. 또한 나 역시 국민국가가 무엇인지 모른 채 나라 만들기의 첫 삽을 뜬 우리 아버지 세대를 따뜻하게 이해하고 싶다. 일제에 종속된 위치에 분노하면서, 동시에 처음 맞부딪힌 근대성에 환희를 느낀 식민지기를 산 선조들의 복잡한 심사가 마음에 와 닿기 때문이다.[66] 박팔양이 바로 그런 시인이다.

맺음말

지금까지 논의한 사실을 근거로 이 글의 결론을 다음 네 가지로 요약할 수 있다.

첫째, 1940년대 초기의 한국문학을 아직도 친일문학기, 암흑기, 무문학기, 비양식의 문학기 등으로 기술하는 일부 문학사가 수정될 수밖에 없는 또 하나의 문학적 성취를 백석의 마도강 시편을 통해 발견하였다.

둘째, 1940년대 초기 한 얼 生의 북방시편을 관통하고 있는 흰빛의 색채 이미지는 이 시인이 북방시편에서 구사하고 있는, 다른 것을 말하면서 본질을 풍유하려는 시적 기교인데 그것은 이미 앞 시대의 한국시가 형성하고 있던 의식과 접맥된 백의민족의 신산고초에 찬 삶을 암시하는 알레고리임이 드러났다.

셋째, 한 얼 生이 「조선인과 요설」에서 망국의 근거를 두면서 침묵과 분노에 찬 내면적 말을 강조한 것은 그의 시어가 유독 회환과 자기 성찰로 가득 찬 말, 방언을 전략적으로 사용한 작가의식과 유기적 관계가 있음을 발견하였다. 곧 「슬픔과 진실」을 요구하고 「조선인과 요설」을 경계한 것은 조선말을 존재론적으로 사용함으로써 조선인의 혼과 민족 생성을 촉발하는 도구로 삼으려는 의도였고, 당시의 한국어가 가지고 있던 공용어의 균질성에 저항하려 했던 시의식과 그 발상이 동일함을 감지하였다.

넷째, 북방시편의 대부분이 외연(denotation)으로는 1940년대의 현실을 거역하지 않는 낭만적 영혼의 표박으로 형성화되었지만, 그 내포(connotation)는 개인의 쓸쓸한 삶을 통해 민족의 현실이 어떠하다는 것을 이중 수법에 의해 실현하고 있음을 확인하였다.

이런 점에서 한 얼 生의 「아까시야」를 비롯한 북방시 4편과 문제의 두 평론 「슬픔과 진실」, 「조선인과 요설」은 문학은 문학사의 문제라기보다는 '민족의 문제이다'라는 큰 명제를 실현한 한국문학의 빛나는 예가 된다. 뿐만 아니라 북방시 5편이 1940년대 초 마도강을 배경으로 창작되었다는 점에서 이 작품들은 한국인의 역사의식을 일제강점기 말경까지 끌어내린다. 이런 점은 이 시인이 일본식 창씨개명이 만주에까지 퍼지기 시작하던 1940년대에 백석(白石)이라는 잘 알려진 이름을 '한국의 얼(정신), 한 얼 生'이라는 순수한 한국어로 바꾼 사실에서 단적으로 드러난다.

일제 말기의 이런 시인의 처신은 지사적 행위에 해당하는 민족운동의 한 상징이 된다. 따라서 시 「아까시야」는 이러한 민족정신사의 중요한 매듭에 걸맞은 저항의 자리에 놓을 수 있다.

다소 미진한 "한 얼 生=백석"의 문제는 훗날 더 깊은 고증의 과제로 남겨둔다.

보론: 한 얼 生과 다나카 후유지

미당(未堂)이 타계하기 직전 무슨 비밀스런 이야기를 털어놓듯 "백석을 알려면 일본의 전중동이(田中動二)[67]를 알아야해"라고 했다는 말은 한 얼 生을 "우리 민족이 나은 가장 위대한 시인",[68] "모국어를 회생시킴으로써 민족 정서의 합일, 주체적 의지, 자아복원을 실현한 시인",[69] "민족시의 원형"[70] 등의 평가에 훼손을 가할 가능성이 있다. 미당이 한 얼 生과 같은 연배이고, 같은 시기에 시인이 되었다는[71] 점에서 이런 발언은 신뢰감이 높고, 한편 지금까지 문학적 성취도만 일방적으로 논의되어온 이 시인의 작품도 이제 한번 뒤돌아봐야 할 때가 되지 않았나 하는 견해에 빌미가 될 수 있기 때문이다.

다나카 후유지(田中冬二, 1894~1980)는 『靑い夜道』(『푸른 밤길』, 1929), 『海の見える石段』(『바다가 보이는 돌층계』,

1930), 『山鳩』(1935), 『花冷え』(『꽃샘』, 1936), 『故園の歌』(『고원의 노래』, 1940) 등의 시집을 간행했고, 종전 후에도 왕성한 시작활동으로 일본시단에 절대적 영향을 끼친 시인이다. 다카무라 고타로(高村光太郎)상을 수상했고, 일본현대시인회 회장도 역임한 바 있다. 처녀시집『푸른 밤길』이 간행되자 일본시단은 이 시집을 두고 "동양인 특유의 진정의 발로(眞情の發露)" 또는 "산촌과 북향(北鄕)의 일상에 대한 애착심을 그윽하고 투명한 감각으로 옮겨놓은 서정시집"이라는 높은 평가를 내렸다.[72] 두 번째 시집『바다가 보이는 돌층계』를 간행한 뒤에는 신시정신운동의 중심인『시와 시론』과 교류하면서 모더니즘의 시법을 흡수한 시를 발표하기도 했다. 그러나 1940년『고원의 노래』, 1943년의『칠엽수(七葉樹)의 누런 잎』(橡の黃葉) 등의 시집에 오면, 자연과 함께하는 일본 특유의 풍물들을 상징적으로 또는 수채화를 그리듯 섬세하게 묘사해나갔다. 그래서 이런 시풍은 당시 시단을 풍미하던 프롤레타리아적 참여성, 모더니즘적 도시성과는 다른 신선함, 참신함, 아주 일본적인 특징으로 평가되었다.

　이런 다나카 후유지의 시풍에 한 얼 生이 영향을 받았을 가능성은 충분히 있다. 이 시인이 1930년경 일본의 명문 아오야마(靑山)학원에 유학하여 영문학을 공부하였고, 그 시절 일본시단에서 화제가 된 참신한 신인이 다나카 후유지였으니, 그곳에서 문학공부를 한 사람이 그런 문단의 동향과 무관할 수는 없기 때문이다.

고유명사와 시의 제목 문제

한 얼 生의 데뷔작품 「정주성」은 시제목이 고유명사이다. 그런데 다나카 후유지의 처녀시집 『푸른 밤길』을 검토한 결과 고유명사가 시의 제목으로 된 작품이 24편이나 된다.[73] 총 88편 중 24편이면 그 빈도수가 매우 높다.

한 얼 生의 경우는 어떠한가. 해방 전 작품 98편을 대상으로 할 때 그중 26편이 고유명사이다. 우연이라고 보기에는 두 사람이 너무 유사하다. 고유명사를 시제로 썼을 때 그 고유명사가 가지고 있는 고정관념이 시의 자유로운 상상력을 차단하기 때문이다. 이런 경우는 일본에서도 거의 없고, 한국에서도 그러하고, 다른 나라에도 그러하다.

『푸른 밤길』에는 온천(溫泉)이 시의 제목이 된 작품이 많고, 촌(村)이름, 거리이름 등도 시 제목으로 많이 활용되었다. 이를테면 「다자와온센」(田澤溫泉), 「호시온센」(法師溫泉), 「시라호네온센」(白骨溫泉), 「오타리온센」(小谷溫泉), 「가와구치무라」(河口村), 「모토수무라」(本栖村), 「내하라무라」(根原村) 등이 그런 예가 된다. 이런 점은 한 얼 生이 남행시초, 서행시초 등의 이름으로 「통영」(統營), 「삼천포」(三

千浦),「구장로」(球場路),「팔원」과 같은 기행시에 시리즈 형태의 제목을 붙이고,「정문촌」(旌門村),「정주성(定州城),「창의문외」(彰義門外)와 같은 시 제목으로 시제를 다는 발상과 동일하다. 또 다나카 후유지가 붙인 '프란시스 젬씨에게'(フランシス・ジイム氏に)와 같은 시제목은 한 얼 生이「정현웅에게」,「허준」등 문인의 이름을 시의 제목으로 붙인 것도 같은 발상이다.

시상의 유사성 문제

한 얼 生의「힌 바람벽이 있어」는 다나카 후유지의「고향집의 벽」(ふるさとの家の壁)과 제목에서부터 많은 유사성을 가지고 있다.

①
고향집의 壁
거무스럼해진 壁
부엌의 등잔에서 내려 온 빛이
물고기 모양이 되어 사라진다
고향은 보리베는 냄새가 날 무렵

그리고 이제 곧 氷水를 마실 무렵이다.

고향집의 벽

송어(石班魚)를 닮을 물고기가

지금도 차겁게 달릴까

고향집의 부엌의 벽

• 「고향집의 벽」[74] 전문

②

오늘 저녁 이 좁다란 방의 흰 바람벽에

어쩐지 쓸쓸한 것만이 오고간다

이 흰 바람벽에

히미한 十五燭 전등이 지치운 불빛을 내어 던지고

때글을 다 낡은 무명샷쯔가 어두운 그림자를 쉬이고

그리고 또 달디단 따끈한 감주나 한 잔 먹고 싶다고 생각하는 내 가지가지 외로운 생각 이 헤매인다.

그런데 이것은 또 어인일인가

이 흰 바람벽에

내 가난한 늙은 어머니가 있다.

내 가난한 늙은 어머니가

이렇게 시퍼러 둥둥하니 추운날인데 차디찬 물에 손을 담그고 무이며 배추를 씻고 있다.

• 「흰 바람벽이 있어」 일부

위의 시 ①과 ②는 우선 제목이 거의 동일하다. 바람벽은 집안의 안벽, 곧 벽이다. 그러니까 「흰 바람벽이 있어」는 그 내용으로 보아 '고향집의 흰벽'이 된다.

둘째, 시 ①과 ②에는 똑같은 '×××벽, ○○○벽'으로 벽의 시상이 반복되다가 희미한 불빛의 이미지가 시를 관통한다. ①에서는 '등잔'이고, ②에서는 15촉짜리 전등이다. 셋째는 두 시에서 모두 벽에 환영이 나타난다. 시 ①에서는 물고기가 나타나고, 시 ②에서는 어머니, 사랑하는 사람, 글자가 나타난다. 찬 이미지가 달리고 있는 것도 유사하다. 시 ①에서 '지금도 그 물고기가 차갑게 달릴까'(いまも つめたくはしるか)라고 표현했고, 시 ②에서는 '차디찬 물에 손을 담그고 무이며 배추를 씻고 있다'고 표현했다.

두 시인에게는 소재의 유사성도 강하게 나타나는데 소재활용이 눈에 띄게 근접해 있는 경우가 있다. 다나카 후유지의 '미닫이'(障子), '떡갈나무' 이미지와 한 얼 生의 '문창', '갈매나무'가 그런 예이다. 이 네 개의 소재들은 모두 일모(日暮)의 빛과 결합되면서 비애감을 심화시키다가 결국 시 전편에 허무적인 체관(諦觀)의 그림자를 드리우게 하는 중심 이미지로 활용된다. 다음과 같은 시행을 찬찬히 음미해보자.

③

밤이 되어서 램프를 켜면

떡갈나무 잎들은 서로 껴 안고 울음을 운다

그리고 약한 바람에도

그들은 모두 소근 소근(かさかさ) 속삭여

집안은 떡갈나무의 향기로 가득 채운다.

떡갈나무 잎은 산을 그리워 한다

마침 미닫이에 옅은 달빛이 찾아들면

왠지 산에서 그들의 친구가 찾아올 듯도 하다.

• 「떡갈나무 잎을 내린 집」(かしはの葉をきけた家)⁷⁵⁾ 일부

④

 더러 나줏손에 쌀랑쌀랑 싸락눈이 와서 문창을 치기도
하는 때도 있는데,

 나는 이런 저녁에는 화로를 더욱 다가끼며, 무릎을 꿇어
보며,

 어니 먼 산 뒷 옆에 바우 섶에 따로 외뢰이 서서,

 어두어 오는데 하이야니 눈을 맞을, 그 마른 잎새에는,

 쌀랑쌀랑 소리도 나며 눈을 맞을

 그 드물다는 곧고 정한 갈매나무라는 나무를 생각하는
것이었다.

• 「남신의주 유동 박시봉방」 일부

시 ③은 밤이 되면, 떡갈나무는 떡갈나무끼리 소곤소곤 속삭이고, 떡갈나무의 향기, 미닫이에 달빛이 찾아들면 드디어 시의 화자는 떡갈나무의 세상이 되는 듯한 분위기에 싸인다. 시 ④는 저녁이 되어, 쌀랑쌀랑 싸락눈이 오면, 이 시의 화자는 쌀랑쌀랑 눈을 맞을 갈매나무를 생각하고 그런 갈매나무의 세계로 가려 한다. 두 시가 다 같이 성공시키고 있는 일모(日暮)의 어두움 속에 의성어와 나무의 결합으로 이루어진 이 신선한 말의 울림, 적막한 분위기, 즉 "소근소근 속삭(かさかさとささやき)이는 떡갈나무"와 "쌀랑쌀랑 소리도 나는 갈매나무"는 유사한 소재가 유사한 기법으로 활용되다가 마침내 유사한 시적 성취, 곧 시적 진실을 탁월하게 수행하고 있다.

다음 시도 시 ③, ④와 같은 선상에서 논의될 수 있는 예이다.

⑤
쨍쨍한 대낮인데
하얀 장지문을 닫아걸고 다들 들과 산으로 나간 큼직한 집

약으로 쓸 쑥을 처마에 걸어놓은 집

홈통의 물이 넘쳐 아롱진 무지개를 이루고

강낭콩 꽃에 노랑벌 서너 마리 날고 있다.

삼 밭 속 망아지와 함께 있는 겨울치마의 소녀여

노무기 가도(街道)는 산에서 딱다구리가 도토리를 저울

질한다는 소리가 들려오는 정적 이다.

　•「노무기 가도」(野麥街道)[76] 전문

⑥

固城장 가는 길

해는 둥둥 높고

개한아 얼린하지 않는 마을은

해발은 마당귀에 맷방석하나

뺚아코 노락코

눈이 시울은 곱기도한 건반밥

아 진달래 개나리 한창퓌엿구나

가까이 잔치가 잇서서

곱디고흔 건반밥을 말리우는 마을은

얼마나 즐거운 마을인가

어쩐지 당홍치마 노란 저고리 입은 새악시들이

웃고 살을 것만가튼 마을이다.

　●「고성가도」(固城街道) 전문

　시 ⑤와 ⑥은 시 제목이 '××가도'라는 점이 같고 두 시의
내용 역시 길가 주변의 풍경을 묘사하고 있는데 이 점 역시
서로 유사하다. 뿐만 아니라 정적이 감도는 한 낮의 정일이
특수한 시적 분위기를 형성하고 있는 점, '노랑'이라는 색채
어이며, '소녀'와 '새악시'들이 환기하는 밝고 명랑한 톤도
아주 같다.

　초여름 전원가도의 그으게하고 꿈꾸는 듯 아련히 펼쳐진 적
막을 부조시키는 기법도 시상의 유사성을 넘어설 만큼 닮았
다. 특히 일상생활이 자연과 동화를 이루는 밝은 시세계가
시 ⑥에서도 동일하게 형성되고 있다는 점에 우리는 주목해
야 할 것이다. 곧 시 ⑥이 시 ⑤를 닮았다는 것인데, 이것은
한 얼 生의 시적 성취를 일본적인 것과의 영향관계에서 해석
할 빌미를 제공하고, 나아가 이것은 한 얼 生 시의 한 정점까
지 재평가를 해야 할 예기치 못할 상황까지 갈 우려가 있다.
이 밖에 다나카 후유지가 색채어, 특히 '흰색'을 효과적으로
구사하여 계절의 변화와 함께 전개되는 산촌과 시골의 풍경
을 투명한 감각으로 옮겨 놓는 기법, 그리고 '그릇·皿'(田中

冬二)과 '목구·木具'(한 얼 生)와 같은 시 제목에서 감지되는 기발한 상상력, 또 두 사람의 시에 자주 나타나는 단가(短歌)투의 시 형식 등이 한 얼 生의 시가 그동안 획득한 미적 성과를 훼손시킬 우려가 있다.

그러나 모든 문화는 선진한 것에서 후진한 것으로 흐른다. 이것은 하나의 원리이다. 따라서 만약 한 얼 生을 일본의 어떤 시인과 영향관계로 이해하고, 그것을 부정적 시각에서만 이해하려 한다면 그것은 원론의 오용이라 할 수 있다. 결국 이 시인이 자신의 시에서 개성적 성취를 얼마나 이루었는가가 관건이기 때문이다. 만약 이것이 이루어지지 않았다면, 지금까지 이루어진 숱한 '백석연구'며 필자의 이 글 역시 도로(徒勞)가 된다.

이런 점에서 이 장(章)은 한 얼 生의 시를 해석하는 데 하나의 참고사항에 지나지 않는다. 따라서 이 장은 한 얼 生의 시를 지속(持續)이 아닌 변화(變化)의 축에서 더 다양하게 하려는 의도에서 한번 착상해본 장이다.

그러나 백석이 광복 직전 만주에서 가진 직업[77]을 끈으로 하여 그의 새로운 자료가 발굴된다면, 나의 지금까지의 작업은 재고되어야 할지도 모른다. 이 글을 탈고(2002. 10)한 2년 후(2004년)에 발견된 이 예기치 못한 기사, 저 끝에 무엇이 달려 있을지 지금 나는 심한 두려움을 느낀다. 그러나 다행하게도 아직은 '만주국의 문화기관은 선계의 활동을 기다린다―먼저 적극적 의욕이 필요'(1940. 4. 8), '滿語文壇의 경향은 「方向 업는 方面」의 旗幟'(1940. 4. 10) 등을 표제로 내건 이 좌담회에서 백석이 한 말은 '지금 만주인 문단의 현상을 말하자면 현세(現勢)나 문학경향이 엇덧습니까'(1940. 4. 10. 水)라는 질문 하나뿐이다. 1940년 4월 5일 오후 4시 반 신징(新京) 대흥빌딩 '만주문화협회'에서 만선일보 학예부 주최로 열린 열띤 좌담회 분위기와는 완전히 대조적인 태도이다. 꼭 같은시기 이광수가 『만선일보』에 「內鮮─體와 조선문학」을 연재하던 사정과도 아주 다르다.[78]

주

1) '마도강'은 만주, 간도지역을 함께 지칭하는 순수 우리말이다. '만주'나 '간도'라는 지역명이 널리 퍼진 배경에는 일본의 한국 강점이 관련되어 있고, 이 글이 문제 삼는 시인 백석(白石)이 유독 만주 지역에서 시를 발표할 때는 '한 얼 生'이라는 당시의 창씨개명과 역행되는 필명을 자간을 띄어서 사용하였다. 이런 시인의 의식과 호응을 위해 이 글은 종래의 '만주', '간도'라는 지역명 대신 '마도강'이라는 용어를 사용한다. 문맥상 간혹 '만주 · 간도 · 북방'이라고 표현한 경우도 있겠으나, 워낙 의도에는 변함이 없다. 민족의 고난 · 이민사가 내포된 '마도강'의 정확한 용례는 1943년 일본의 가혹한 압제로 절필한 김창걸(金昌傑)의 소설「암야」(暗夜) 도입부에서 찾아볼 수 있다(신형철 엮음,『싹트는 大地』〔재만조선인작품집〕, 新京：滿鮮日報社出版部, 1941). 한편 김동식(金銅植)의「탄식」(『만선일보』, 1940. 5. 2)에 또한 이 말이 나온다. "남국이 천리라니/고향도 천리라오/마누라 무더노코 어린것도 무더둔 땅/마도강 마도강 나머저 무더두오"

2) 한 얼 生이 오산학교 재학시절 그 학교선배인 김소월을 무척 선망했다는 것은 여러 연구자들이 모두 인정하는 사실이다.

3) 가스통 바슐라르, 곽광수 옮김,『공간의 시학』, 동문선, 2003,

117쪽.

4) 임동권, 「한국원시종교사」, 『한국문화사대계』 VI, 고대 민족문화연구소 출판부, 1970 참조.

5) 오세영, 『김소월, 그 삶과 문학』, 서울대학교출판부, 2000, 10쪽.

6) 미당이 타계하기 직전 "백석을 알려면 전중동이(田中動二)를 알아야 해"라고 술회했다고 한다. 이런 미당의 말을 전한 이근배, 문정희 두 시인은 다나카 후유지(田中冬二) 시인을 다나카 도지(田中動二)로 증언했다. 이런 착오는 아마 미당이 이 두 애제자에게 구술하는 과정에서 일어났던 것으로 보인다(2002년 7월 13일 중국 장강삼협[長江三峽] 여행 중 이 두 시인과의 선상방담에서. 이 여행에는 김윤식, 홍상화, 시인 강신애, 소설가 이경자 등이 참가했다).

7) 金子夜, 『내 사랑 백석』, 문학동네, 1995, 161쪽.

8) 오양호, 「북방파 시와 방랑의 정체」, 『한민족어문학』 제43집, 2003.

9) 柳致環, 『구름에 그린다』, 신흥출판사, 1959, 34쪽, 35쪽.

10) 徐廷柱, 『歸蜀道』, 宣文社, 1948, 45쪽.

11) 李庸岳, 『現代詩人全集 ①─李庸岳集』, 同志社, 1949, 91~99쪽.

12) 이동순·박승희 엮음, 『이찬 시전집』, 소명출판, 2003, 86쪽.

13) 미당 스스로의 술회. 시인 이근배와 문정희의 증언, 2002년 7월 10~15일 중국 장강삼협 여행 중.

14) 서정주, 앞의 책, 1948, 48~50쪽.

15) 이용악, 『分水嶺』, 東京: 三文社, 1937, 19~21쪽.

16) 이용악, 앞의 책, 1949, 160쪽. 방점(강조점)은 원문 그대로임.

17) 李雪舟, 『放浪記』, 啓蒙社書店, 1948, 19쪽.

18) 이설주, 『들국화』, 민고사, 1947, 22쪽, 23쪽.

19) 朴八陽, 『麗水詩抄』, 博文書館, 1940, 61쪽.

20) 白石, 「슬품과 眞實—麗水朴八陽氏詩抄讀後感」, 『만선일보』, 1940. 5. 9~10.

21) 같은 글, 1940. 5. 9.

22) 박팔양, 『滿洲詩人集』 서문, 第一協和俱樂部文化部, 1942.

23) 필자는 이 글을 시작하면서, 마도강에서 글을 쓸 때는 '한 얼 生'이라는 이름만 썼다고 했다. 그러나 창작, 곧 시작품 외에는 白石이라는 이름을 썼다. 마도강에서 쓴 시는 4편이고, 시외의 글은 사실 이 한 편의 평론뿐이다.

24) 박팔양, 「黎明以前」, 『開闢』, 1925. 7, 123쪽.

25) 박팔양, 앞의 책, 1940, 14쪽, 15쪽.

26) 나는 이 시인을 몇 차례 만났다. 어릴 적 문화서점에서 키가 휜칠한 미남 사장으로 서 있는 것을 멀리서 쳐다보았고, 서울에서는 동부 이촌동 렉스맨션 자택에서 마도강 관계자료를 빌려 보고 묻느라고 만났다. 지금 내게 남아 있는 인상은 "세사에 초연한 무골호인, 자기관리에도 급급한 부자집 도련님, 책상물림의 몰락한 선비, 시 쓰는 일 외에 다른 일은 할 수 없는 유약한 문사"이다. 이렇게 말하고 보니 이설주 시인이 문학사 기술에서 빠져버린 것은 결국 이 시인의 생래적 기질 때문이라는 부정적 평가가 되었다. 그럴지도 모른다. 그러나 한국의 어떤 시 연구자나 문학 평론가도 이 시인의 작품을 꼼꼼히 따져본 사람이 없다. 따라서 필자의 이런 인상은 아무런 의미가 없을지도 모른다.

27) 장백일, 「학처럼 날아온 백발의 여운」, 『시문학』, 2001. 8, 50쪽.

28) 이설주, 앞의 책, 1948, 94~97쪽.

29) 같은 책, 113쪽, 114쪽.

30) 같은 책, 104쪽, 105쪽.

31) 오양호, 「북방파 시와 방랑의 정체」, 『한민족어문학』 43집, 2003 참고.

32) 서굉일·동암 편저, 『間島史 新論』, 우리들의편지社, 1993, 357쪽.

33) 유치환, 앞의 책, 1959, 24쪽.

34) 이용악, 『낡은 집』, 東京 : 三文社, 1938, 30~33쪽.

35) 이서해, 『異國女』, 漢城圖書株式會社, 1937, 52쪽, 53쪽.

36) 박팔양, 앞의 책, 1940, 90쪽, 91쪽.

37) 이설주, 앞의 책, 1947, 18쪽, 19쪽.

38) 미당 서정주는 타계하기 얼마 전 백석의 시는 일본의 다나카 도지(田中動二)의 영향을 받았다고 했다. 미당의 애제자 시인 문정희와 이근배의 증언이다(2002. 7. 13일 중국 장강삼협 여행 중 선상에서). 그런데 일본 시인 중 다나카 도지라는 시인은 없다. 미당이나 두 제자도 다나카 후유지(田中冬二)를 그렇게 알고 한 말일 듯하다.

39) 유종호, 『다시 읽는 한국 시인』, 문학동네, 2002, 285쪽, 286쪽.

40) 『學風』, 창간호, 1948. 10.

41) 許俊創作集, 『殘燈』, 乙酉文化社, 1946.

42) 유종호, 「한국의 페시미즘 ― 운명론의 계보」, 『현대문학』, 1961. 9.

43) 유종호, 앞의 책, 2002, 241~244쪽 참조.

44) 같은 책, 240쪽.

45) J. E. Cirlot, *A dictionary of symbols*, N. Y : Philosophical library, 1962, p.3.

46) 金永秀, 『狀況과 色彩의 映像』, 형설출판사, 1976, 10쪽.

47) 2002. 5. 6(月), 예술의 전당에서 거행된 제14회 정지용 문학상 수상소감에서. 이 수상소감은 2002년 5월 9일 『중앙일보』에 기사화됨.

48) 김지하, 『흰 그늘의 미학을 찾아서』, 실천문학사, 2005. '흰 그늘과 다물'항 참조.

49) 송준, 『남신의주 유동 박시봉방―세계 최고의 시인 백석 일대기』 2, 지나, 1994, 속표지 사진.

50) 김윤식, 『한국현대문학사』, 서울대학교출판부, 1993, 325쪽, 326쪽.

51) 오양호, 『일제강점기만주조선인문학연구』, 문예출판사, 1996, 제2부 '한 선구자의 안타까운 종말' 참조.

52) 유종호, 『비순수의 선언』, 신구문화사, 1962, 106쪽.

53) 김현 · 김윤식, 『한국문학사』, 민음사, 1973 참조.

54) 송준 엮음, 『백석시전집』, 학영사, 1995, 238쪽.

55) 김지하, 앞의 책, 2005, '흰 그늘과 다물'항 참조.

56) 『만선일보』, 1940. 5. 25～26.

57) 백석, 「슬픔과 진실」, 1940. 5. 10. 석간.

58) 백석, 「朝鮮人과 饒舌―西七馬路 斷想의 하나」, 『만선일보』, 1940. 5. 25.

59) 같은 글, 『만선일보』, 1940. 5. 26.

60) 전봉관, 「백석시의 방언과 그 미학적 의미」, 『한국학보』 98집, 2000 봄 참조.

61) 『만선일보』, 1940. 11. 21. 「詩 · 아까시야」 기사에 의하면 필자명은 '한 얼 生'으로 되어 있다. 자간이 띄어져 있다.

62) 『만선일보』, 1940. 4. 5(금). 내선만문화좌담회 기사에 의하면 백석(한 얼 生)은 '국무원경제부(시인)'으로 되어 있다.

63) 윤인진, 『코리안 디아스포라』, 고려대학교출판부, 2004, 4쪽.

64) 윤대석, 『식민지 국민문학론』, 도서출판 역락, 2006, 59쪽.

65) 같은 책, 16쪽.

66) 박지향·김철·김일영·이영훈 엮음,『해방전후사의 재인식』1, 책세상, 2006, 15쪽.

67) 다나카 도지(田中動二)는 다나카 후유지(田中冬二)의 잘못임을 주6)에서 밝힌 바 있다.

68) 송준, 앞의 책, 1권, 1994, '책머리에'의 첫 행.

69) 이동순,『白石詩全集』, 창작사, 1987, 해설 참조.

70) 고형진 엮음,『백석』(새미 작가론총서 4), 새미, 1996, 176쪽.

71) 한 얼 生은 1912년생이고, 미당은 1915년생이다. 한 얼 生은 1935년에「정주성」을『조선일보』에 발표하면서 시인이 되었고, 미당은 1936년「벽」이『동아일보』신춘문예에 당선되면서 시인이 되었다. 그리고 두 시인이 다 오장환·김기림 등과 깊은 교우관계를 맺었다는 점에서 이 말의 신빙성은 더욱 높다.

72) 하세가와 미노키치(長谷川巳之吉),「「푸른 밤길」 뒤에」,『青い夜道』, 東京 : 第一書房, 1929, 204쪽.

73) 다나카 후유지(田中冬二),『青い夜道』, 東京 : 第一書房, 1929. 이 책은 총 206쪽이고, 수록작품은 88편이다.

74) 같은 책, 52쪽, 53쪽, 번역 오양호.

75) 같은 책, 186쪽, 187쪽, 번역 오양호.

76) 같은 책, 116쪽, 117쪽, 번역 오양호.

77)『만선일보』, 1940. 4. 5(금). 내선만문화좌담회 기사에 의하면 백석은 '국무부경제부(시인)'이고, 박팔양은 '협화회홍보과 (시인)'으로 소개되어 있다. 이들 외에 '鮮系側' 문인으로 방송 극작가 김영팔, 만주문화회(작가) 수村榮治(창씨개명한 조선인 인 듯한 데 누구인지 모름),『만선일보』이갑기가 있다. 이 기사 는 5회까지 연재되었다.

78)『만선일보』, 1940. 4. 5. 이후 3회 연재됨.

참고문헌

기본자료편

『滿鮮日報』영인본(全5권), 서울: 亞細亞文化社, 1988.

白　石, 『사슴』, 京城: 朝光印刷株式會社, 1936.

_____, 「슬품과 眞實 ― 麗水 朴八陽氏 詩抄 讀後感(上·下)」, 『만선일보』, 1940. 5. 9~10.

_____, 「朝鮮人과 饒舌 ― 西七馬路 斷想의 하나(上·下)」, 『만선일보』, 1940. 5. 25~26.

김학동 엮음, 『백석 시집 ― 가즈랑집 할머니』, 새문사, 1988.

김재용 엮음, 『(증보판) 백석 전집』, 실천문학사, 2007.

이숭원 주해, 이지나 엮음, 『(원본)백석 시집』, 깊은샘, 2006.

다나카 후유지(田中冬二), 『青い夜道』, 東京: 第一書房, 1929.

_____, 『海の見える石段』, 東京: 第一書房, 1930.

_____, 『山鴫』, 東京: 第一書房, 1935.

_____, 『現代詩集』 東京: 第一書房, 1940.

金達鎭, 『青鈴』, 서울: 青色紙社, 1940.

金子夜, 『내사랑 白石』, 문학동네, 1995.

金朝奎 엮음, 『在滿朝鮮詩人集』, 延吉: 藝文堂, 1942.

김열규 · 오양호 외, 『대륙문학 다시 읽는다』, 대륙연구소, 1992.

김정민, 『열사의 노래』, 서울: 비단길, 2003.

류연산, 『만주아리랑』, 돌베개, 2003.

朴啓周, 『處女地』, 서울: 博文出版社, 1948.

朴八陽 엮음, 『滿洲詩人集』, 吉林: 第一協和俱樂部 文化部, 1942.

_____, 『麗水詩抄』, 서울: 博文書館, 1940.

_____, 『박팔양시선집』, 평양: 조선작가동맹출판사, 1959.

徐紘一 · 東巖 편저, 『間島史 新論』, 우리들의 편지社, 1993.

徐廷柱, 『歸蜀道』, 서울: 宣文社, 1948.

송준 엮음, 『남신의주 유동 박시봉방 — 세계 최고의 시인 백석 일대
　　기』 1 · 2, 지나, 1994.

申瑩澈 엮음, 『滿洲朝鮮文藝選』, 新京: 朝鮮文藝社, 1941.

安壽吉 創作集, 『北原』, 間島: 藝文堂, 1944.

柳致環, 『구름에 그린다』, 서울: 新興出版社, 1959.

_____, 『生命의 書』, 행문사, 1947.

李光洙, 「先驅者를 바라는 朝鮮」, 『삼천리』 12월호. 1949.

이동순 · 박승회 엮음, 『이찬 시전집』, 소명출판, 2003.

李瑞海, 『異國女』, 漢城圖書株式會社, 1937.

李雪舟, 『들국화』, 대구: 民敎社, 1947.

_____, 『放浪記』, 대구: 啓蒙社, 1948.

李庸岳, 『낡은집』, 東京: 三文社, 1938.

_____, 『現代詩人全集 ① — 李庸岳集』 同志社, 1949.

이육사, 『육사시집』, 서울출판사, 1946.

정효구 편저, 『백석』, 문학세계사, 1995.

崔斗錫 엮음, 『吳章煥 全集』 1 · 2, 창비, 1989.

한상복 · 권태환, 『중국 연변의 조선족』, 서울대학교출판부, 1993.

許俊 創作集,『殘燈』, 서울: 乙酉文化社, 1946.

興亞協會 엮음,『在滿朝鮮人通信』, 奉天: 興亞協會, 1944.

논저편

고부응,『초민족 시대의 민족 정체성』, 문학과지성사, 2002.

高承濟,『韓國移民史硏究』, 章文閣, 1973.

金永秀,『狀況과 色彩의 映像』, 형설출판사, 1976.

김학동,『滿蒙新興大觀』, 京城: 東明社, 1932.

김예림,『1930년대 후반 근대인식의 틀과 미의식』, 소명출판, 2004.

김윤식,『안수길 연구』, 정음사, 1986.

김지하,『흰 그늘의 미학을 찾아서』, 실천문학, 2005.

나병철,『근대 서사와 탈식민주의』, 문예출판사, 2001.

大村益夫,『中國朝鮮族文學の歷史と展開』, 東京: 綠蔭書房, 2003.

박지향・김철・김일영・이영훈 엮음,『해방전후사의 재인식』1, 책
세상, 2006.

박혜숙,『백석 — 우리 문학의 원형탐구와 떠돌이 삶』, 건국대학교출
판부, 1995.

방연정,「1930년 시언어의 표현 방법 — 백석・이용악・이찬의 시를
중심으로」,『개신어문 연구』14, 개신어문학회, 1997.

백석 외,「내선만문화좌담회」,『만선일보』, 1940. 4. 5~10.

백 철,『조선신문학사조사(현대편)』, 백양당, 1949.

서경석,「만주국기행문학 연구」,『어문학』86호, 2004. 12.

松村高夫,「日本帝國主義下において滿洲への朝鮮人移動について」,
『三田學會雜誌』63卷 6號, 1970, 東京.

申奎燮,「만주국의 협화회와 재만조선인」,『만주연구』제1집, 2004,

부산.

吳養鎬, 「이민문학론 1」, 『영남어문학』 3, 1976.

_____, 『농민소설론』, 형설출판사, 1984.

_____, 『滿洲移民文學硏究』, 文藝出版社, 2007.

_____, 『신개지의 기수들―안수길의 '북향보'』, 문학출판공사, 1987.

_____, 『日帝强占期滿洲朝鮮人文學硏究』, 文藝出版社, 1996.

오오무라 마스오, 『윤동주와 한국문학』, 소명출판, 2001.

柳光烈, 『間島小史』, 京城: 太華書館, 1933.

유종호, 『다시 읽는 한국 시인』, 문학동네, 2002.

윤대석, 『식민지 국민문학론』, 도서출판 역락, 2006.

윤동주 유고집, 『하늘과 바람과 별과 詩』, 정음사, 1948.

윤여탁, 『시의 논리와 서정시의 역사』, 태학사, 1995.

윤인진, 『코리안 디아스포라』, 고려대학교출판부, 2004.

윤효녕 외, 『주체 개념의 비판』, 서울대학교출판부, 1999.

李命英, 『在滿韓人共産主義運動硏究』, 서울: 成均館大學校出版部, 1975.

이병근 외, 『한반도와 만주의 역사문화』, 서울대학교출판부, 2003.

이숭원, 「백석 시의 전개와 그 정신사적 의미」, 『20세기 한국시인론』, 국학자료원, 1997.

이유미, 『우리 나무 백가지』, 현암사, 1995.

李仁榮, 『韓國滿洲關係史의 硏究』, 乙酉文化社, 1954.

장덕순, 「일제 암흑기의 문학사」, 『세대』, 1963. 9.

長尾宗次, 『滿洲事情』, 東京: 三省社, 1934.

전봉관, 「백석 시의 방언과 그 미학적 의미」, 『한국학보』 98집, 2000 봄.

田中隆一, 「日帝의 滿洲國 統治와 在滿韓人問題」, 『만주연구 제1집』, 2004, 부산.

曺奎益, 『연변지역 조선족 문학연구』, 숭실대학교출판부, 1992.

曺南鉉, 「1920, 30년대 소설과 滿洲移民 모티프」, 『한국문학』, 1987. 8.

조동일, 『한국문학통사』5(제4판), 지식산업사, 2005.

蔡壎, 『在滿韓國文學硏究』, 깊은샘, 1990.

崔景鎬, 『安壽吉硏究』, 형설출판사, 1994.

鶴嶋雪嶺, 『中國朝鮮族の硏究』, 大阪 : 關西大學出版部, 1997.

Harry Levin, *Literature as an Institution*(이상섭 외 평주, 「Selected Modern Critical Essays」), 영어영문학회 엮음, 영미어문총서 2, 1969.

Sorokin P. A, *Man and Society in Calamity*, New York : E. P. Dutton & Co, Inc, 1940.

연구논문

강연호, 「백석 시의 미적 형식과 구조 연구」, 『현대문학이론연구』17집, 2002. 6.

고형진, 「방언의 시적 수용과 미학적 기능」, 『동방학지』 제125집, 2004. 4.

_____, 「지용 시와 백석 시의 이미지 비교 연구」, 『현대문학이론연구』18집, 2002. 12.

곽봉재, 「백석 문학 연구」, 경희대 박사학위논문, 1999.

김 훈, 「정지용 시의 분석적 연구」, 서울대 박사학위논문, 1990.

김명인, 「1930년대 시의 구조연구」, 고려대 박사학위논문, 1985.

김미경, 「백석 시 연구」, 서울대 석사학위논문, 1993.

김승구, 「백석 시의 낭만성 연구」, 서울대 석사학위논문, 1997.

김신정, 「정지용 시 연구」, 연세대 박사학위논문, 1999.

김영범,「백석 시어연구―선행연구의 오류 검토를 중심으로」, 고려
　　대 석사학위논문, 2005.

김영익,「백석 시문학 연구」, 충남대 박사학위논문, 1999.

김용희,「정지용 시의 어법과 이미지의 구조」, 이화여대 박사학위논문,
　　1994.

김윤식,「허무의 늪 건너기―백석론」,『근대시와 인식』, 시와시학사,
　　1992.

나명순,「백석 시 연구」, 고려대 박사학위논문, 2004.

류순태,「백석 시에 나타난 '고향 의식'의 아이러니 연구」,『한중인
　　문학연구』제12집, 2004.

류지연,「백석 시의 시간과 공간의식 연구」, 명지대 박사학위논문,
　　2003.

문호성,「백석·이용악 시의 텍스트성 연구」, 전남대 박사학위논문,
　　1999.

민병기,「30년대 모더니즘 시의 심상체계연구」, 고려대 박사학위논
　　문, 1987.

박민영,「1930년대 시의 상상력 연구―정지용·백석·윤동주 시의
　　자기 동일성을 중심으로」, 한림대 박사학위논문, 2000.

박주택,「백석 시 연구」, 경희대 박사학위논문, 1999.

방연정,「1930년대 후반 시의 표현방법과 구조적 특성 연구―백
　　석·이용악·이찬의 시를 중심으로」, 한국교원대 박사학위논
　　문, 2000.

손진은,「백석 시의 '옛것' 모티프와 상상력」,『한국문학이론과 비
　　평』제24집, 2004.

양문규,「백석 시 연구」, 명지대 박사학위논문, 2003.

유종호,「한국의 페시미즘」,『현대문학』81호, 1991. 9.

윤여탁, 「문학교육에서 언어의 문제에 대한 연구―백석 시의 언어와 세계를 중심으로」, 『문학교육학』 제15호, 2004 겨울.

윤지관, 「순수시의 정치적 무의식―정지용과 백석」, 『외국문학』, 1988 겨울호.

이경수, 「한국 현대시의 반복 기법과 언술 구조」, 고려대 박사학위논문, 2004.

이동순, 「백석 시의 연구쟁점과 왜곡 사실 바로잡기」, 『동일문화논총』 제11집, 2004.

_____, 「백석의 작품에 나타난 시정신」, 『시와 정신』 제11호, 2005 봄.

이명찬, 「1930년대 후반 한국시의 고향의식 연구」, 서울대 박사학위논문, 1999.

_____, 「한국 근대시의 만주 체험」, 『한중인문학연구』 제13집, 2004.

이승원, 「백석 시와 거주 공간의 관련양상」, 『한국시학연구』 9권, 한국시학회, 2003.

이원규, 「한국시의 고향의식 연구―1930~1940년대 시를 중심으로」, 성균관대 박사학위논문, 2004.

이지나, 『백석 시의 원전비평적 연구』, 서울여대 박사학위논문, 2006.

이희중, 「백석의 북방 시편 연구」, 『우리말글』 제32집, 2004.

임재서, 「백석 시의 감각 표현에 나타난 정신사적 의미 고찰―「사슴」을 중심으로」, 『국어교육』 제108호, 2002.

진순애, 「백석 시의 심미적 모더니티」, 『비교문학』 제30집, 2003.

최정례, 『백석 시의 근대성 연구』, 고려대학교 박사학위논문, 2005.

_____, 「정지용과 백석이 수용한 전통의 언어―시어 선택과 시적 태도를 중심으로」, 『어문논집』 제48집, 2003. 10.

한경희, 「한국 현대시에 나타난 시적 자아의 내면 연구」, 한국정신문화연구원 · 한국학대학원 박사학위논문, 2002.

한형구, 「일제말기 세대의 미의식에 관한 연구」, 서울대 박사학위논문, 1992.

황종연, 「한국문학의 근대와 반근대」, 동국대 박사학위논문, 1991.

백석 연보

1912년(1세)	임자년 1912년 7월 1일 평안북도 정주군 갈산면 익성동 1013호에서 부친 백시박(白時璞)과 모친 이봉우(李鳳宇) 사이의 3남 1녀 중 장남으로 출생. 본명은 백기행(白夔行), 백석(白石). 한 얼 生은 필명. 백석의 부친은 농민이었으나, 조선일보사 사진 반장으로 근무하기도 함. 백석이 출생할 때, 부친은 37세, 모친은 24세.
1918년(7세)	오산소학교 입학.
1924년(13세)	오산학교 입학.
1929년(18세)	오산고보(오산학교가 오산고보로 개명됨) 졸업. 바로 진학하지 않고 문학공부를 하며 정주에 머묾.
1930년(19세)	1월, 조선일보사가 주관하는 '신년현상문예'에 단편소설 「그 母와 아들」이 당선됨. 1933년 방응모의 후원으로 일본으로 유학. 아오야마 학원(青山學園) 영문학과에 입학함.
1931년(20세)	5월, 아오야마 학원 교회서 세례를 받음.
1934년(23세)	3월 6일, 제51회 아오야마 학원을 졸업함. 귀국하여 조선일보사에 입사. 잡지 『조광』의 편집을 맡

음. 이때부터 수필 등을 발표함.

1935년(24세) 「定州城」이라는 시작품을 『조선일보』(8. 30)에 발
표함으로써 시단에 나옴.

1936년(25세) 1월 20일, 첫 시집 『사슴』을 선광인쇄주식회사에
서 호화본(100부 한정판)으로 출간함. 시집의 가
격은 2원이었으며 33편의 시가 수록돼 있음. 백석
의 시는 일본 시인 '전중동이'(田中冬二)의 영향을
받았다는 말을 미당이 한 바 있음(시인 이근배, 문
정희 2003년 여름 중국 장강삼협 여행도중 선상에
서 증언). 조선일보사를 그만두고 함흥의 영생고보
영어교사로 자리를 옮김. 백석의 후임으로는 백석
과 친했던 소설가 허준이 입사함. 함흥에서 그의 삶
과 문학에 큰 영향을 미친 『내 사랑 백석』의 저자
김자야를 만남. 백석은 김자야와 약 3년간 동거.

1937년(26세) 부모님의 강권으로 결혼을 하였으나 신부와 함께
살지 않고 김자야에게 돌아옴.

1938년(27세) 함흥 영생고보를 사임하고 서울로 와서 조선일보사
에 다시 입사함. 여기서 잡지 『여성』을 편집함.

1939년(28세) 부모의 강권에 의하여 재혼. 그러나 아내와 같이
살지 않고 또 김자야에게 돌아옴. 김자야가 백석을
떠남. 조선일보사를 사직하고 만주의 신징(창춘)
으로 입만. 그곳에서의 백석의 행적은 잘 드러나지
않음.

1940년(29세) 토마스 하디의 『테스』 번역원고를 출간하기 위하
여 서울에 옴. 이 소설은 조광사에서 그 해에 출간
됨. 만주국 국무원 경제부 근무. 측탕관계의 일도

함. '한 얼 生'이란 필명으로 『만선일보』에 시「아
짜시야」,「고독」,「설의」,「고려묘자」등을 발표하
고, '白石'이란 이름으로는 평론「슬픔과 진실」,
「조선인과 요설」등을 발표함.

1942년(31세)　안동(단동)세관에 근무함. 송지영씨와 하숙을 같
이 한 적도 있음.

1945년(34세)　해방과 더불어 신의주로 옮겨 잠시 머물다가 고향
정주로 돌아감.

1947년(36세)　친구인 허준에 의하여 백석의 시「적막강산」이 남
한에서 『신천지』에 발표됨. 10월에 열린 북한문화
예술총동맹 제4차 중앙위원회의 개편된 조직에서
외국문학 분과원으로 이름이 오름. 러시아 작가 시
모노프의 『낮과 밤』을 번역 출판함.

1952년(41세)　『再建타임스』, 1952년 8월 11일자에 동시「병아리 싸
움」이 발표됨(친구 채규철이 소장하고 있던 작품).

1954년(43세)　북한에 거주하면서 중국 길림성 연변교육출판사에
서 간행한 『이사꼽프스키시초』에 이 시인의 작품
을 번역하여 실음.

1956년(45세)　북한의 공산당 산하에 있는 조선작가동맹 기관지
『조선문학』에 아동문학평론을 발표하는 한편 소련
시인 뜨왈도브스키의 시를 번역하여 수록. 10월
에 열린 제2차 작가대회에서 『문학신문』 편집위원
이 됨. 이후 다양한 작품활동을 함.

1957년(46세)　아동문학평론을 발표함. 아동문학 역시 당의 영도
하에 공산주의 혁명을 위한 수단이자 무기로 나아
가야 한다고 주장. 동화시집 『집게네 네 형제』, 『우

렁이』 출판. 『아동문학』 4월호에 「아동문학의 협소
화를 반대하는 위치에서」 외 동시 3편 발표하여 아
동문학 논쟁을 불러일으킴.

1958년(47세) 사회주의적 도덕을 강조하는 수필을 여러 편 발표함.

1959년(48세) 1월 삼수군 관평리에 있는 국영협동조합으로 내려
가 양치기 일을 함. 시를 다시 쓰기 시작함.

1960년(49세) 창작시를 발표함. 내용은 역시 당의 영도하에 전개
되는 사회주의 이념과 그 혁명의 위대성을 선전하
는 것임.

1961년(50세) 조선작가동맹과 관계를 맺고 체제에 순응하거나
그것을 옹호하면서 살고 있었던 것으로 판단됨.

1962년(51세) 10월 무렵 북한 문화계 전반에 내려진 복고주의에
대한 비판과 연루되어 일체의 창작활동 중단.

1963년(52세) 사망한 것으로 일본에 알려짐.

1987년 이동순에 의하여 『백석시전집』이 처음으로 발간됨.

1990년 송준에 의하여 백석에 관한 많은 자료가 수집되어
『남신의주 유동 박시봉방—세계 최고의 시인 백석
일대기』가 '지나'에서 1·2권으로 발간됨. 이때부
터 문단과 학계가 백석에 대해 굉장한 관심을 가지
기 시작함.

1995년 약 3년 동안 애인이자 아내로서 동거했던 김자야
에 의하여 회고록 『내 사랑 백석』이 문학동네에서
출간됨.

작품목록

제목	게재지 · 출판사	연도

■ 시

제목	게재지 · 출판사	연도
정주성(定州城)	조선일보	1935. 8. 31
산지(山地)	조광	1935. 11

*「삼방」(三防)으로 제목이 바뀌어 『사슴』에 수록.

주막(酒幕)	조광	1935. 11
여우난골족(族)	조광	1935. 12
통영(統營)	조광	1935. 12
흰밤	조광	1935. 12
고야(古夜)	조광	1936. 1
가즈랑집	사슴	1936. 1. 20
고방	사슴	1936. 1. 20
모닥불	사슴	1936. 1. 20
오리 망아지 토끼	사슴	1936. 1. 20
초동일(初冬日)	사슴	1936. 1. 20
하답(夏畓)	사슴	1936. 1. 20

적경(寂境)	사슴	1936. 1. 20
미명계(未明界)	사슴	1936. 1. 20
성외(城外)	사슴	1936. 1. 20
추일산조(秋日山朝)	사슴	1936. 1. 20
광원(曠原)	사슴	1936. 1. 20
청시(靑柿)	사슴	1936. 1. 20
산(山)비	사슴	1936. 1. 20
쓸쓸한 길	사슴	1936. 1. 20
자류(柘榴)	사슴	1936. 1. 20
머루밤	사슴	1936. 1. 20
여승(女僧)	사슴	1936. 1. 20
수라(修羅)	사슴	1936. 1. 20
노루	사슴	1936. 1. 20
절간의 소 이야기	사슴	1936. 1. 20
오금덩이라는 곳	사슴	1936. 1. 20
시기(柿崎)의 바다	사슴	1936. 1. 20
창의문외(彰義門外)	사슴	1936. 1. 20
정문촌(旌門村)	사슴	1936. 1. 20
여우난곬	사슴	1936. 1. 20
삼방(三防)	사슴	1936. 1. 20
오리	조광	1936. 2
연자ㅅ간	조광	1936. 3
탕약(湯藥)	시와 소설	1936. 3
이두국주가도(伊豆國湊街道)	시와 소설	1936. 3
창원도(昌原道)―남행시초 1	조선일보	1936. 3. 5
통영(統營)―남행시초 2	조선일보	1936. 3. 6

고성가도(固城街道) — 남행시초 3	조선일보	1936. 3. 7
삼천포(三千浦) — 남행시초 4	조선일보	1936. 3. 8
북관(北關) — 함주시초 1	조광	1937. 10
노루 — 함주시초 2	조광	1937. 10
고사(古寺) — 함주시초 3	조광	1937. 10
선우사(膳友辭) — 함주시초 4	조광	1937. 10
산곡(山谷) — 함주시초 5	조광	1937. 10
바다	여성	1937. 10
추야 일경(秋夜一景)	삼천리문학	1938. 1
산숙(山宿) — 산중음 1	조광	1938. 3
향악(饗樂) — 산중음 2	조광	1938. 3
야반(夜半) — 산중음 3	조광	1938. 3
백화(白樺) — 산중음 4	조광	1938. 3
나와 나타샤와 힌 당나귀	여성	1938. 3
석양	삼천리문학	1938. 4
고향	삼천리문학	1938. 4
절망	삼천리문학	1938. 4
외갓집	현대조선문학전집	1938. 4
개	현대조선문학전집	1938. 4
내가 생각하는 것은	여성	1938. 4
내가 이렇게 외면하고	여성	1938. 5
삼호(三湖) — 물닭의 소리 1	조광	1938. 10
물계리(物界里) — 물닭의 소리 2	조광	1938. 10
대산동(大山洞) — 물닭의 소리 3	조광	1938. 10
남향(南鄕) — 물닭의 소리 4	조광	1938. 10
야우소회(夜雨小懷) — 물닭의 소리 5	조광	1938. 10

꼴두기―물닭의 소리 6	조광	1938. 10
가무래기의 악(樂)	여성	1938. 10
멧새 소리	여성	1938. 10
박각시 오는 저녁	조선문학독본	1938
넘언집 범 같은 노큰마니	문장	1939. 4
동뇨부(童尿賦)	문장	1939. 6
안동(安東)	조선일보	1939. 9. 13
함남 도안(咸南道安)	문장	1939. 10
구장로(球場路)―서행시초 1	조선일보	1939. 11. 8
북신(北新)―서행시초 2	조선일보	1939. 11. 9
팔원(八院)―서행시초 3	조선일보	1939. 11. 10
월림(月林)장―서행시초 4	조선일보	1939. 11. 11
목구(木具)	문장	1940. 2
수박씨, 호박씨	인문평론	1940. 6
북방(北方)에서―정현웅(鄭玄雄)에게		
	문장	1940. 7
고독(孤獨)	만선일보	1940. 7. 14
설의(雪衣)	만선일보	1940. 7. 24
고려묘자(高麗墓子)	만선일보	1940. 8. 7
허준(許俊)	문장	1940. 11
아까시야	만선일보	1940. 11. 21
『호박꽃 초롱』 서시	호박꽃 초롱	1941. 1
귀농(歸農)	조광	1941. 4
국수	문장	1941. 4
흰 바람벽이 있어	문장	1941. 4
존에서 온 아이	문장	1941. 4

조당(操塘)에서	인문평론	1941. 4
두보(杜甫)나 이백(李白)같이	인문평론	1941. 4
산(山)	세한민보	1947. 11
적막강산	신천지	1947. 12
마을은 맨천 구신이 돼서	신세대	1948. 5
칠월백중	문장	1948. 10
남신의주 유동 박시봉방(南新義州柳洞朴時逢方)		
	학풍	1948. 10
집게네 네 형제		1957. 4
멧돼지	아동문학	1957. 4
감자	평양신문	1957. 7. 19
제3인공위성	문학신문	1958. 5. 22
이른 봄	조선문학	1959. 6
공무려인숙	조선문학	1959. 6
갓나물	조선문학	1959. 6

■ 산문

그 모(母)와 아들	조선일보	1930. 1. 26~2. 4
耳説 귀ㅅ고리	조선일보	1934. 5. 16~19
마을의 유화(遺話)	조선일보	1935. 7. 6~20
닭을 채인 이야기	조선일보	1935. 8. 11~25
마포(麻浦)	조광	1935. 11
편지	조선일보	1936. 2. 22
가재미 · 나귀	조선일보	1936. 9. 3
무지개 뻗치듯 만세교	조선일보	1937. 8. 1

동해(東海)	동아일보	1938. 6. 7
입춘(立春)	조선일보	1939. 2. 14
소월(素月)과 조선생(曺先生)	조선일보	1939. 5. 1
동화문학의 발전을 위하여	조선문학	1956. 5
나의 향의, 나의 제의	조선문학	1956. 9
부흥하는 아세아 정신 속에서 — 아세아 작가 대회와 우리의 각오		
	문학신문	1957. 1. 10
침략자는 인류의 원수이다	문학신문	1957. 3. 7
큰 문제 작은 고찰	조선문학	1957. 6
아동문학의 협소와를 반대하는 위치에서		
	문학신문	1957. 6. 20
마르샤크의 생애와 문학	아동문학	1957. 11
아세아와 아프리카는 하나다	문학신문	1957. 12. 5
이제 또다시 무엇을 말하랴	문학신문	1958. 4. 3
사회주의적 도덕에 대한 단상	조선문학	1958. 8
관평의 양	문학신문	1959. 5. 14
이 지혜 앞에 이 힘 앞에	문학신문	1960. 1. 26
눈길은 혁명의 요람에서 — 삼지연 스키장을 찾아		
	문학신문	1960. 2. 19
프로이드주의 — 쉬파리의 행장	문학신문	1962. 5. 11

오양호吳養鎬 경상북도 칠곡 동명에서 태어나 대구에서 성
장하였다. 경북대학교 사범대학 국어과에 진학했고, 영남대
학교 대학원에서 문학박사학위를 받았다. 대구가톨릭대학 조
교수 시절, 학교를 인천대학으로 옮겨 인문학연구소장 · 중앙
도서관장 · 인문대학장 등의 보직을 거쳤다.

일 · 한 교류기금의 지원으로 교토대학 객원교수가 되었고,
거기서 '시인 정지용'을 만나 '정지용기념사업회'를 만들고,
대산재단의 지원을 받아 『鄭芝溶詩選』을 도쿄 가신샤(花神
社)에서 출판하였다. 『현대문학』에서 평론추천을 완료하고,
한국문학평론가협회 부회장을 거쳐 지금은 한국문인협회 평
론분과회장으로 활동하고 있다. 윤동주문학상, 조연현문학
상, 신곡문학대상, 인천대최우수논문상, 경북대자랑스런동문
상(학술상)을 수상했다.

저서에 『농민소설론』(1984), 『한국문학과 간도』(1988), 『일
제강점기만주조선인문학연구』(1996), 『한국현대소설의 서사
담론』(2002), 『만주이민문학연구』(2007) 외 다수가 있다.